私の好きなパリジェンヌの生き方

恋する理由

Paris et son charme d'après Christel

滝川クリステル

講談社

他人と自分を比べない。
Ｎｏｎ！　とはっきり言える。
選択肢のある生き方。
でも、エレガンスも、
自然体も忘れない。
〝しなやかな個性〟は、
パリの美しさ。

(Salade, tomate, chevre, carottes, croutons)
LA TARTIFLETTE MONTAGNARDE 10e
(pommes de terre en lamelles, creme, reblochon, lardons, salade)
LES CROQUES
LE COMPLET 9. e
(Salade, tomate, emmental, jambon, oeuf au plat)
LE BLEU BACON 9. e
(Salade, tomate, emmental, becon, bleu, oeuf au plat)
LE MOZZ RELLA herbes 9 e
(Salade tomate, zzarella, herbes)
MAGES 10e
10e

パリでは、なによりも
まず、人生は恋愛ありき。
一生涯、愛に溢れている２人。
「結婚」というより、
そんな男女関係に憧れる。

This is
Antiquarian
Bookshop
RARE BOOKS & OFFICE
(by appointment only)
To make an appointment, please ask the front desk in MAIN BOOKSHOP (to your right)
LIVRES RARES & BUREAU
(visite sur rendez-vous)
Pour prendre rendez-vous, merci de vous adresser à la BOUTIQUE PRINCIPALE (à votre droite)

ANAIS NIN

はじめに

私は3歳までフランスで育ち、さらに小学校の高学年と中学校の数年間を、フランスの田舎に戻り過ごしました。日本で暮らしていたときも、フランスには年に何度も旅行で足を運んでいたため、ずっとフランス人の生き方を身近に感じていました。

ダブルアイデンティティの立場で客観的にフランス女性を観察すると、彼女たちは、恋愛をしているときも、仕事をしているときも、ルールにとらわれることなく、自由に生きているように見えます。他人にどう評価されるかを気にすることなく、自分自身のものさしで幸福感や正義感を測り、自由を享受《きょうじゅ》し、人生を謳歌《おうか》しているように感じるのです。

本書は、そんなフランス女性たちのとらわれない生き方を知ってもらうことで、何事にもルールを大切にする日本女性の悩みや迷いを解決するきっかけになればという思いで、執筆させていただきました。

数年前、大きな話題になった「ロストジェネレーション」。私たち30代は、まさに、そのロスジェネ世代でしょう。

豊かな時代に生まれ育ったにもかかわらず、社会人になる前にバブルがはじけ、就職氷河期へ。思いどおりの就職ができなかったり、そのまま非正規社員になったり、フリーターになったり……そんな「さまよえる世代」です。

しかも、女性にとっての30代という年齢は、結婚に出産、子育てと、一生で一度あるかないかの決断を迫られる課題が一気に押し寄せるときでもあると思います。

考えてみれば少子化問題やキャリアアップの問題など、日々、ニュースの中で踊っている言葉も私たちの肩に重くのしかかってくるものばかりです。

私たちの少し上の40代、50代女性を見ると、確固たるキャリアを築いて、パワフルに生きているように感じるし、一方、下の10代、20代に目を向けると、柔軟性を持って、多様化した価値観の中から、自分に合う生き方を選び取っているようにも見えます。

世代的にも時代的にも、「ロスト」＝迷子になったかのような私たち30代――。だからこそ、今、いろいろなことを問いかけられていると思うのです。

なにごとも自分のものさしで判断して、まわりと違う生き方を追求するフランス人。

一方日本人は、「和をもって貴しとなす」、みんなでつくったルールを重んじ、調和することを大切にして、共同体を上手に運営するのに長《た》けてきました。でも、調和を大切にするあまりに、自分は他人からどう見られているのかと、まわりを見渡して、他人と違うことにストレスを感じたりもする。

私は小さいころから、何事も人に合わせるのではなく、つねに自分で決めていました。それはいつも両親から個性を大切にすることを教えられてきたことと無縁ではないでしょう。ふり返れば、いまの私が少々肩の力が抜けて気持ちを楽にして生きているのは、個人主義のフランス人のように、「人目」を気にしなくても苦にならないからかもしれません。

でもそれは、フランス人の父と日本人の母を持ち、「ダブルアイデンティティ」として生まれたことと、どれほど関係することなのか――。

そこで思いついたのが、30代を豊かに生きるための自分探しの旅といったらちょっと大げさかもしれませんが、フランス女性の生き方に迫ってみることでした。

さまざまなジャンルでいきいきと活躍している8人のフランス女性に実際にお目にかかり、その仕事観や恋愛観を取材し、彼女たちの生き方から、日本の女性たちに新しい生き方のヒントを提案することはできないだろうかと考えたのです。

日本女性の素晴らしさに、さらにフランス女性の素晴らしさを加えた、次世代の「ハイブリッドな魅力」を持った、つまり日本人女性の奥ゆかしさと、フランス女性の強い自我を掛け合わせたような女性の姿があるのではないだろうか。

迷っている私たちだからこそ、そんな新しい生き方を見つけられるのではないか……そう思っています。

悩むからこそ、人は解決する術《すべ》を見出せる。悩む力は解決する力、そして生きる力だと信じています。

迷える同世代の日本女性たちが、少しでも、今よりももっと豊かな気持ちになれますように。そして確かな自分を持って、人生を謳歌できますように。そんな願いを込めて。

２０１１年春

滝川クリステル

恋する理由 目次

Paris Bio
オーガニックパリ

Le "merci"

メルシー

社会貢献が、おしゃれ！
そんなスピリットから生まれた
セレクトショップ「メルシー」は、
注目したいパリの新名所。

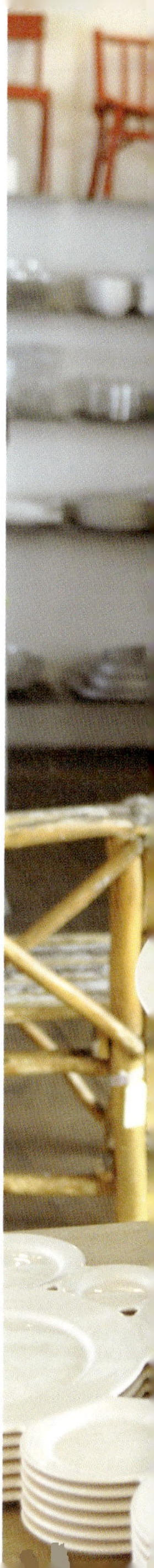

広い店内には、
社会貢献、リサイクル、
フェアトレードなど、
工夫のアイテムが、
スタイリッシュに勢揃い。
目移りして、
あっという間に時が経つ。

いまパリは、
オーガニック一色！
地下のレストランは、
１００％オーガニックな、
美食のパラダイス。
戸外のハーブガーデンも
散策したくなる。

THES
CAFES
EPICES
RUE
DE
L'ARBALÈTE

Le Marché

マルシェ

パリではいつもマルシェ通い。
お野菜もチーズも、
みずみずしい顔ぶれに、
心の中までリフレッシュ！

店のおじさん、
おばさんに声をかけて、

「今日はどれがおすすめ?」

なんて聞きながら、パン屋から花屋まで。

歩き疲れたら、カフェで一休み。

LA SALADE DE POULET 9.e
(Salade, tomate, poulet, Maïs, Haricots verts, carottes)
LA SALADE de CHEVRE CHAUD 9.e
(Salade, tomate, chevre, carottes, croutons)
LA TARTIFLETTE MONTAGNARDE 10e
(pommes de terre en lamelles, creme, reblochon, lardons, salade)
LES CROQUES
LE COMPLET 9. e
(Salade, tomate, emmental, jambon, oeuf au plat)
et son verre de

Le Velib

レンタサイクル

パリの空気を肌で感じるには、
自転車で街を駆け抜けるのがいちばん。

Le Parc

公園

時間をみつけては、決まって、
お気に入りのリュクサンブール公園へ。
読書したり、昼寝したり――。

クロワッサンを買って、
公園でほおばる、
という節約ランチも、
パリでは
ごくごく当たり前。
自然に囲まれて、
充電しながら、
一人の時間を楽しむ。

Les Bouquinistes
古本屋

古本屋巡りも楽しみの一つ。パリのこだわり本屋さんへ。

Paris Magazine

A Dangerous Liaison
Carole Seymour-Jones
Paris
BIOGRAPHY OF A CITY
COLIN JONES

シェークスピア作品を
集めた古本屋さん。
哲学書から小説、
アートまで、
にくいセレクションで、
衝動買いしたくなる！
何時間もいたりして。

Les Antiquaires

アンティキテ

小さい頃から何度も、
両親に連れられてきて、遊び場だった骨董品屋さん。
ものに宿る歴史と時間に魅せられて。

Le Bistro
ビストロ

夕方には、迷わず、ビストロへ。
おなじみのカウンターで、店のオーナーと乾杯!
夜遅くまでワインにも話にも酔いしれる。

パリが好きなのは、
素のままの
自分でいられるから。
皆が人の自由を尊重する。
〝自分色のエレガンス〟、
パリでなら
見つけられそう。

Chapitre 1

選択肢がある生き方

選択肢があるということ

私は、父がフランス人、母が日本人という家庭に生まれ育ちました。幼いころから現在にいたるまでずっと、家族の前で父は、母のことを「シェリ（「私の愛する人」の意）」と呼ぶほどに、とても仲の良い両親です。

私がまだ幼いころ、父は、仕事を終えて寄り道することなく家に帰ってくると、母のところに直行してキスをし、その日にあったことを延々話し続けます。それが終わって、ようやく私たち子供の番がやってくるというのが、わが家の習慣でした。

思えば父は、母に会いたいがために、家に早く帰ってきたかったのでしょう。こんな両親のもとで育った私は、愛し合う男女関係はなんと素敵なのだろう、と思い、両親のような関係に憧れていました。

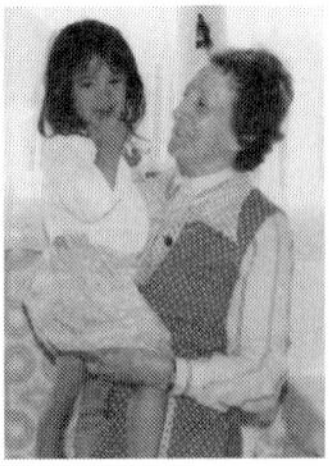

父方の祖母と。5歳のとき。

母は、1970年代にソルボンヌ大学に留学するためにパリに渡り、父と出会ったのだそうです。母はとてもおしゃれで芯のしっかりした自立した女性。父に会うまでは結婚願望がなく、「一生仕事を続けたい」と思っていたのだそうです。当時の日本ではこのような女性は珍しく、かなり変わっていたのかもしれません。ところが、父と知り合って恋に落ち、あっさりと仕事を辞めてしまいました。そして、専業主婦として父と私たち子供に尽くしてくれたのです。

ただ、この専業主婦という生き方は、母が自ら選び取ったもの。父は母に思い通り自由に生きてほしいと思っていたようですし、母も「女性は結婚したら家庭に入るのが常識」と思っていたわけでもなかったようです。家で夫を待ちたい、子供は自分で育てたい、それが自分に与えられた「仕事」であり、自分にとっての「幸福」だと信じていたのだと思います。

働きながら父と恋愛するという選択も、父と結婚してふたりで働くという選択も、子供を預けて働き続けるという選択も……たくさんある「選択肢」

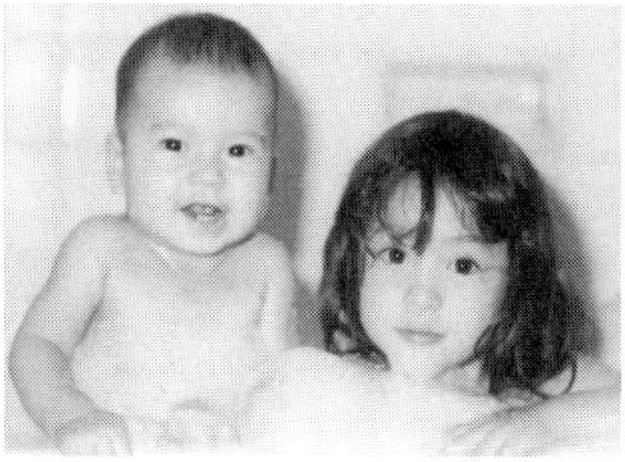

3歳くらいのとき。
自宅にて弟と。

の中で、自分で選び取った生き方が専業主婦だったのです。

母は、ある意味、精神的に自由だったのでしょう。大人になった今、改めて考えてみると、まさに、フランス女性の自由さと日本女性の奥ゆかしさがバランスよく同居している女性だったのかもしれません。

「私は自分の幸せをちゃんと見つけたの。あなたたちも、ちゃんと見つけなさい」。

母は今も私たち姉弟《きょうだい》にそう言います。

そして、

「自分が自由に生きられる人、そして自分も自由を与えられるような、自分の生き方とともに歩める人を見つけなさい」とも……。

きっとそれは、人生にはたくさんの選択肢が存在し、どの選択も自分の意志で自由に決められるということ、何より幸せは、自分自身で作り上げることができるということを意味するのだと信じています。

恋愛大国フランス

フランスは「恋愛大国」と呼ばれています。

この国では、ある程度の年齢に達すると、何をするにもカップルがひとつのユニットになるため、愛し合う男性と女性が一緒にいることが大前提だからです。

パリのカフェやレストラン、ホテルを訪れると一目瞭然です。女性同士や男性同士は圧倒的に少なく、大概は男女のカップルが占めています。

恋人同士はもちろんですが、たとえ結婚しても、子供が生まれても、互いに男女であることを求めますし、自分自身もそうありたいと、つねに努力を重ねています。一生、恋愛関係でいつづけようとするのです。

だから、子供がいても、パパママ、おとうさんおかあさんと呼び合うこと

などなく、名前で呼び合う関係ですし、子供をベビーシッターやおじいさんおばあさんに預けて、ふたりっきりの時間をつくり、食事やデート、旅行に出かけることもしばしばです。そう、「母」になっても、女性として生きて行くことをけっして曲げないのです。

一方、男女の関係がうまくいかなくなったら、たとえ結婚していてもすぐに別れてしまう。相手を男性として女性として求めることができなくなったら、関係を続ける意味はないということなのだと思います。

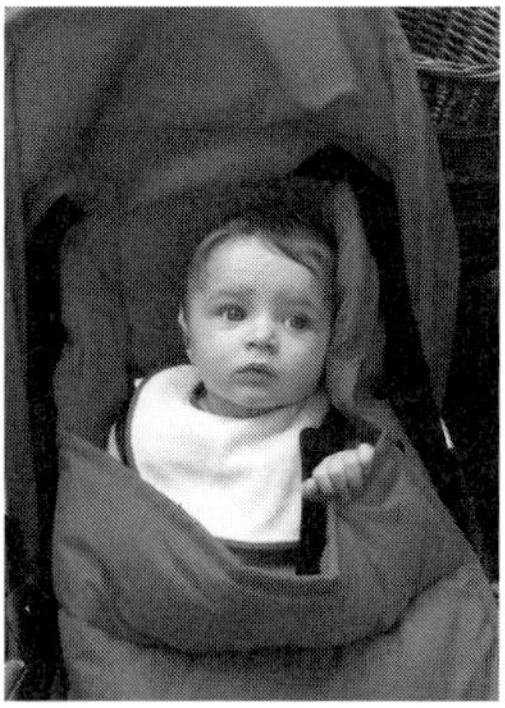

事実婚、パクス、そして結婚……

何よりもまず、恋愛ありき。「結婚」は、あくまでその延長線上にある究極の形。それが、フランス人に多く見られる傾向です。

夏木マリさんが、ご自身とパートナーの関係を「フランス婚」という言葉で表現したのは記憶に新しいところですが、フランスは、まったく法的な手続きをせず、同棲をする「事実婚」が多いことでも知られています。

フランスでは、カップルの選択肢は3つあります。まったく法的な手続きをせず一緒に生活する「事実婚」、通常の結婚と同じ税制面の優遇や社会保障面の権利が認められている連帯市民協約「パクス（PACS）」、そして「結婚」の3つ。

日本と異なり、夫婦別姓も当たり前ですし、結婚しているか否かで税制や社会保障に有利不利がありません。

フランスは離婚をするのが日本に比べ難しく、必ず弁護士をたて調停手続きをとり、時間もお金もかかるので、ここ20年で、子供が生まれても法的に結婚せずカップル生活を続ける事実婚の割合が伸びてきました。生まれた子供の約半分が、結婚していない両親から生まれているといいます。

「事実婚」「パクス」のどちらかを選んだとしても、結婚していないカップルの子供も、制度上の不利益を被らないのはもちろん、世間的な差別も一切受けません。したがって、子供だけのために無理に結婚を選択するということはないのです。

1999年に導入された「パクス」は、簡単に言えば、結婚に比べると制約が少なく拘束力も弱い制度。

もともと結婚が認められない同性愛者カップルに法的な優遇を与えるのが目的で制定されたのですが、実際には、若い世代の生き方にフィットしていたのか、結婚よりもパクスを選択する男女のカップルは2007年には10万組を超えました。

それとともに、入籍しているカップルよりも離婚にあたる解消が気軽にできるので、解消件数が伸びているのも事実です。

ひとたび愛がなくなれば、複雑な手続きなど踏まずにあっさりと別れるほうが賢明。若いフランス人たちは、そう考えているようです。本当に好きという気持ちだけでパートナーと暮らしたいと思っているカップルを応援するシステムでもあると思います。

このように、事実婚、パクス、結婚……、フランスにはカップルでいるための選択肢が3つ存在し、自分たちの意志で自由に選ぶことができます。

これはすなわち、フランス人は「世間体《せけんてい》」で生きていないという証《あかし》でもあると思います。

自分がまわりにどう見られるかをまったく気にしていないし、まわりと自分の生き方を比較しないから、自由でいられる、その精神が、選択肢を生んできたのではないかと思うのです。

今でこそ日本も、昔よりはさまざまな人生を選び取る人が増えてきていますが、やはりまだ、まわりと比べることで自分の幸せを測ろうとする傾向があるのは否めないと思います。

日本女性とフランス女性の恋愛観の違い

日本では、「婚活」ブームが続いています。

婚活、つまり「結婚をするための活動」は、恋愛大国のフランス人にとっては、まったく理解のできない現象のようです。なぜなら、フランス人にとっては、結婚は恋愛があって初めて見えてくるものだから。恋愛をしないで結婚を想定することがありえないからです。

日本では、結婚をしないで子供を持つという選択は、未だ奇異な目で見られたり差別されたりするのが現実のようです。法律や制度も昔とまったく変わらず、国のサポートも整っていません。

結婚するのが「常識」。だから、結婚をしなくてはいけない。結婚をするためには、それを前提にした男性と出会わなくてはいけない。でも、出会う機会がない。そのためには婚活しなくては。女性の選択肢が限られている環境が生んだ考え方だと思うのです。

それでは、フランス女性たちはいったい、どのように男性と出会っているのでしょうか?

日本同様、学校や職場で、あるいは友人の結婚式などでももちろんのこと、フランス人たちが出会いの場として口を揃えるのは、ホームパーティです。気の合う友人同士で家に集まる機会が多い彼らの大きな特徴でしょう。

そして、次に多いのがカフェや街での出会い。シャイな日本人には、考えにくいと思いますが、フランスではいわゆる「ナンパ」も立派な出会いを生むチャンスなのです。

また、友人との食事といえば、それぞれにほかの友人を呼んで、自然と出会いの場になります。わざわざ「人工的な出会い」、いわゆる「合コン」を計画するわけではないのです。

フランス女性にとっては、恋愛のチャンスはわざわざつくるものではなく、毎日どこかに転がっていて、いついかなるときも、ステキな男性と出会うかわからないもの……。そういうことなのでしょう。

そういえば、あるフランス女性がこう言っていました。

「電車でメイク？　考えられないわ。前に立っている男性や隣に座っている男性と、もしかしたら恋に落ちるかもしれないのに」

「恋愛体質」か「結婚体質」か、それがフランス女性と日本女性の大きな違いなのかもしれません。

「おひとりさま」より「おふたりさま」

「婚活」同様、現代における日本女性のライフスタイルを表すユニークな言葉に、「おひとりさま」があります。

おひとりさまとは、10年ほど前にジャーナリストの故・岩下久美子さんが、現代女性の価値観や男女関係のあり方を分析、提唱した生き方で、今ではすっかり定着した感があります。

「個」を確立した大人の女性が、まわりを気にすることなく、ひとりで外食をしたり旅をしたりするのを応援しようと生まれた言葉によって、何が何でも結婚をしなくてはいけないとか、ある程度大人になればパートナーがいるのが当たり前といった意識はたしかに希薄になりました。つまり、一見、日本女性の生き方を楽にしたようにも見えました。でも、じつのところ、おひとりさまという「形」だけに自分を当てはめて、逆に息苦しくなっているのではないか、とも思うのです。

徐々に変わってきていますが、日本はまだ、女性は男性と同等に、いやそれ以上に頑張って初めて認められる社会だと思います。だから、プライベートな時間を犠牲にして仕事を優先させる女性たちも多いはず。まずは仕事で認められたい、そのためには時間がかかる……そう思うと、おのずと恋愛や結婚、出産が後回しになってしまうのでしょう。

今、結婚をして子供を産むことを選ぶと、それまで積み重ねてきたものがすべて、ドミノ倒しのように崩れてしまうのではないか。また、ゼロからスタートできるのだろうか。そんな焦りや恐怖感から、あと一歩を踏み出せないでいる女性がたくさんいるのではないかと思うのです。

それが、おひとりさまの現実なのではないでしょうか。

フランス人は、仕事とプライベートのコントラストをはっきりとつけています。日本人のように、残業や休日出勤をしたり、仕事を終えてからも会社

の仲間と飲みに行ったりということがほとんどありません。

仕事をさっさと終えて、それ以降はプライベート・タイム。家族との時間を楽しんだり、ひとり暮らしの若い世代は、友人が主催するホームパーティなどに積極的に顔を出したり、気の合う友人たちとスポーツをしたりします。

つまり、仕事を持っているからと言って、恋人や家族、友人と過ごしたりするプライベートな時間を犠牲にしたりはしない。プライベートな時間がまず大前提として存在するのです。

フランス女性の基本は、「おふたりさま」です。愛するパートナーとの時間を最優先すること。そのうえで、なんとなく今日はあまり人と話したくない、自分の時間を大切にしたいと思うときには、気分転換にひとりでバーに行く……それが本物の「おひとりさま」の楽しさであってほしいと思っています。

恋愛は健康の証

フランス人にとって、誰かを「愛している」ことは、すなわち健康の証という意識があるようです。大人になったら、恋愛をしているのが当たり前、そのほうが健《すこ》やかだと思われているようです。

私自身も、この考え方に大賛成です。パートナーと一緒に過ごすのは、すなわち互いを思いやり、互いを理解すること。人の心を育てるのに、必要不可欠な要素だと思うのです。

一方、恋愛をし続ける限り、女性は一生「女」でい続けられる。それが結果的に、人間としての健やかさにつながるというのもその理由でしょう。

日本では、「結婚＝恋愛の終わり」という暗黙の了解がある……といえば言い過ぎかもしれませんが、実際どうかは別にして、世間的には、結婚をしたら女という現役の「舞台」から降りるという考え方は厳然《げんぜん》とあるように思います。結婚し子供を産むと、女から妻へ、妻から母へと立場がすっかり変わり、求められる役割も変わってくる。ずっと女でい続けることを否定されてしまうかのように……。

一方、フランスの女性たちは、結婚したからといって、けっして恋愛をあきらめません。昔から、フランス映画の題材には、妻子ある夫、夫と子ある妻の恋など、いわゆる「禁断の恋」も数多くありますし、結婚している相手であっても、一度好きになってしまったら、情熱的な恋に落ちることはよくある話。まるで、一生涯恋愛しようと努力しているかのようです。

フランスでは、街ゆくおばあさんが真っ赤な口紅をつけて背筋を伸ばし、颯爽《さっそう》と歩いている様子を見かけることも珍しくありません。それはずっと、恋愛体質を貫いてきたからこそ。一瞬たりとも女という舞台から降りようとしたことがないからなのだと思います。女性は隣にいる男性のためにきれいになる……。それがフランス女性の美の原点なのでしょう。

ゴシップは気にしない

日本でも、カーラ・ブルーニさんは目が離せない女性のひとりだと耳にします。イタリア・トリノの出身でファッションモデル、歌手として活躍しながら、フランスのニコラ・サルコジ大統領夫人。誰もがうらやむ美貌とスタイル、抜群のファッションセンス……注目が集まるのは、至極当たり前のことでしょう。

カーラ・ブルーニさんは、ファースト・レディでありながら恋の噂が絶えないなど「自由奔放」な印象で、スキャンダラスな側面もいろいろと報じられています。でも、本人はまったく気にしていない様子。顔色ひとつ変えず、淡々と大統領夫人としての仕事をこなしています。

ブルーニさんへのフランス人たちの評価もじつに淡々としたものです。日本だったら、ゴシップ好きのワイドショーが連日血眼《ちまなこ》で追いかけているはずでしょう。

しかし、フランス人は、もともと、オフィシャルとプライベートをきちんと切り離して考える傾向があります。公人であっても、やるべき仕事をきちんとしていれば、不倫をしていようと、あまり話題にならないのです。

一般的にも他人のプライベートに関して、干渉しない傾向にあると思います。結婚しているかいないかはもちろん、結婚していないのに子供がいるとか、そういうことをさほど気にしていないようですし、ましてや批判したり非難したりはしないと思います。それは、公人に対しても同じ。

「仕事さえしていれば、プライベートは他人がとやかく言うことではない」と言い切る潔さと大らかさを持っています。

要は、法さえ犯さなければ、どんなスキャンダルもその人の仕事の評価を落としたりしないということ。公人は、プライベートでもつねに倫理的な人間でなくてはいけないとされる日本とは、大きく事情が異なるようです。

フランス流・男女の理想バランス

フランスが、恋愛大国と言われる所以《ゆえん》のひとつに、理想的な男女のバランスがあると確信しています。

それは、女性を敬い、守り、大切にする紳士的な男性と、自分の意志をはっきりと持ち、自立しながらも、男性を立てるしなやかな強さを持った女性との、絶妙なバランスです。

私の両親も、そうだったのかもしれません。

多くのフランス男性がそうであるように、父は母のことを、よく褒《ほ》めます。ファッションやヘアスタイル、香りや料理など、さまざまなシーンでことあるごとに褒めるのです。

また、母は専業主婦で、家の中の仕事はきちんとこなしていたのですが、それでも父は家事を分担し、よく手伝っていました。

そして父は、母に仕事のこともよく話していました。「今日、仕事でこういうことがあって」と報告をしたり、「これ、どう思う？」とアドバイスを求めたりしていたのです。そのたび母は、意見をはっきりと言い、どちらかというと母のほうが強く、「大黒柱」的存在でした。専業主婦でありながら、きちんと自立していたのだと思います。

でも、いざというときは、母は陰でちゃんと父を立てている。だから父も、母をさらに大切にするという好循環が生まれる関係性だったのでしょう。

レディ・ファーストも当たり前です。先日、久しぶりに父と一緒にエレベーターに乗ったとき、父は私のものも含めてたくさんの荷物を両手いっぱいに抱えていたにもかかわらず、「どうぞ」と言って私を先に降ろしてくれました。「こんなときぐらい、先に降りてもいいのに」という状況でさえ、女性を先に降ろそうとする父の行動に、レディ・ファーストが根付いているフランスの文化を、あらためて感じたものです。

もちろん、日本の男性も、古くから女性を守ってきました。

ただ、日本人男性と比べてフランス人男性が優しくみえるのは、日本人男性は、「あからさまに女性に優しくふるまうのは、どこか格好悪い」という意識があるためか、あまり言葉や行動で表現する習慣がないだけなのでしょう。きっと照れ屋さんなのでしょうね。

男性が女性を敬い、守り、大切にする。いざというときには女性が男性を立てる。これも、男性が女性の美しさを育て、女性が男性の男らしさを磨くひとつの理想形なのではないでしょうか。

なぜフランス女性は産んでいる？

フランスの女性たちの多くが仕事を持っています。25歳から49歳までの女性たちの就業率は、なんと80パーセントにも上るのだと言います。

それなのに、フランスは、ヨーロッパ第一位の出生率を誇ります。年々増加の一途をたどっており、2008年のデータでは、女性ひとりが一生に産む子供の数は1・99人。それに比べて、日本は1・38人。そこには大きな開きがあります。

フランスはいち早く少子化対策を施し、出産や育児を支援する法律や制度を取り入れてきたことによる成果なのでしょう。「事実婚」「パクス」のカップルの子供にも適用されることも、フランスの女性たちが子供を産んでいる要因です。

たとえば、フランスで2人以上の子供がいる家庭は、子供が20歳になるまで、およそ500万円、5人だとおよそ2500万円がもらえるのだといいます（2011年現在）。さらに、3人以上子供を持っていると、さまざまな優遇措置もあるのだそうです。同時に、出産、育児、教育に関して、ほとんどお金がかからないシステムが整っているのです。日本は義務教育が無償、ようやく公立高校も無償化されましたが、フランスでは保育園から大学まで全部無償です。

加えて、「女性が働きやすい環境」が整っていることも大きく影響していると思います。

託児システムを見ても、フランスには、「保育学校」という小学校入学前の準備としての公的な教育機関があり、3歳になると全員が通うことができると言います。この社会的な保護によって、子供がいても、女性が仕事に復帰しやすいというメリットがあります。

産休における態勢も万全です。産前6週間と産後8週間は有給での産休が

義務付けられており、給料が保障されているなど、出産・子育ての支援が行われているのだそうです。育児休業後の職場復帰も法律で保障されているので、子供を産むからといって、それまで積み重ねたキャリアをあきらめなくてもいいのです。

しかし、働くフランス女性たちが子供を産んでいるのは、国の公的支援だけではなく、意識の問題もある気がしています。

私の知っているフランス女性たちを見ていると、よく「NOURRICE（ヌリス＝乳母）」と呼ばれる、ベビーシッターを就業時間中に雇っています。働いたお金のほとんどを「NOURRICE」を雇うために使っている女性もいます。

ベビーシッターを毎日雇うなんて、せっかく稼いだお金が子供のために消えていってしまうのでは？　と考えがちですが、彼女たちは、仕事をすることはお金のためだけではなく、「自立」することであり、働くこと自体に、生きる意味があると考えているのではないかと思うのです。

日本とフランスの合計特殊出生率の推移

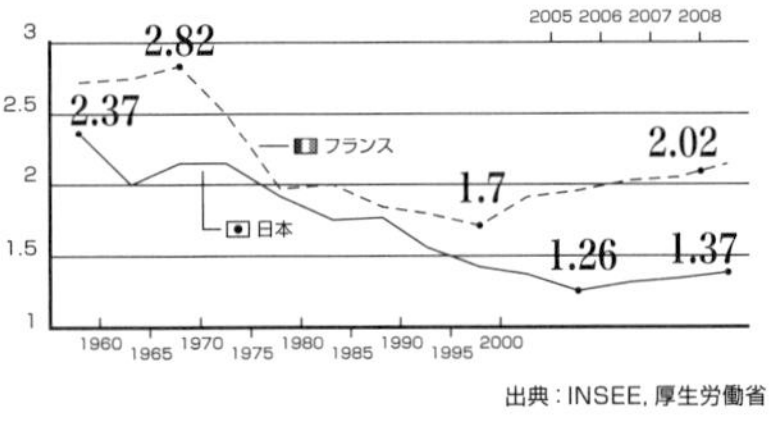

出典：INSEE, 厚生労働省

また、男性が家事や育児に協力的であることも、出生率に関係していま す。男性が家事や子育てを手伝ってくれる場合が多いので、女性だけにかか る物理的、精神的負担が少ないように感じます。それも要因のひとつかもし れません。

もともと、残業や休日出勤をほとんどしないというフランスの「働き方」 も子供を産むことに対する抵抗感を減らしている理由でしょう。

しかしながら、何よりフランス女性たちが子供を産んでいる理由は、「母 より女」という、恋愛大国・フランスならではの特徴的なとらえ方にあるの ではないかと思うのです。

日本の女性たちは、一般的に、どこか母になった途端に、女性であること を封印して「おかあさん」としての自分に収まらなければならないという意 識があるようです。

それに対して、フランスの女性たちは、母になっても女性であることをあ きらめません。結婚をしても恋愛し続けるし、仕事も続けるし、子供を預けて夫との時間を大切にする……つまり、一生、女性として輝き続けられるという希望がある。子供を産むことによって、女としての人生にマイナスがないという意識を持っていることが大きいのではないかと思うのです。

すでにさまざまなメディアで取り上げられていますが、フランス女性たちの出産、育児事情をより深く知ることで、日本の少子化問題の改善のヒントが見つかるのではと思っています。

フランス女性と婦人科クリニック

フランスの女性たちは、「身体」に対する意識が高いと言われています。婦人科とのつきあいが密で、10代のころに、もう母親が娘を連れて婦人科を訪れるのが普通なのだそうです。

私も最低一年に1〜2回は、婦人科を訪れています。それは、スポーツクラブや整体に行くような感覚で、ごく自然な習慣となっています。仕事や恋愛など、思い通りの人生を自由に生きるためにも、自分の身体を知り、自分で守ることは、とても大切なことだからです。

パリで取材した女性医師であるクリスティーヌ・ルイ＝ヴァダさんによると、フランス女性たちは、14歳のときに学校で性教育の授業を受け、避妊や性病などについてきちんと学ぶのだと言います。日本の感覚では「恥ずかしい」ことと捉えたり、世間の目を気にしたりしがちですが、フランスはまったく逆。知識がないと、「女性は自由になれない」。これからの生き方に不都合が起こらないように、早めに手を打っておくというのが、根本にある考え方なのです。

最近、私は子宮頸《けい》がんの予防ワクチンを接種しました。子宮頸がんは、日本では年間１万５０００人前後が発症し、３０００人前後の方が亡くなっています。

子宮頸がんの原因は、性交渉によるヒトパピローマウイルスの感染だとされており、女性の多くが感染する危険性をはらんでいるもの。しかし、ワクチンを接種すれば、予防を期待できるという報告があります。

日本でも一般の医療機関で予防ワクチンを接種できるようになったのは、とても画期的なこと。医学や医療技術が日々、進化を遂げている証だと思います。

子宮頸がんの予防ワクチン接種は、フランスをはじめとする先進国99ヵ国で推奨され、ほとんどの国では公費負担や保険による接種が可能となっています。

日本国内の状況はというと、厚生労働省が２０１０年10月に10代前半の女性を対象に、ワクチン接種の公的負担を発表し、一部の市区町村レベルでの動きが始まったばかりです。

ワクチン接種は自己負担の場合、およそ5万円前後にもなり、20代以上の女性を対象に公的負担をする自治体は、まだごくわずかであるのが現実です。

もちろん、受けるか受けないかはあくまで個人の判断だと思います。ただ、現実や可能性を知ることで、新たな選択肢が生まれるのは事実。まず「知ること」に対して、できるだけ積極的であるべきだと思います。

「自分の身体は自分でコントロールする」という意識を持つ。望まない妊娠を避けたり、病気を防いだりすることは、大人としての責任。この責任を果たして初めて、女性として解放され、「自由」になれると思うのです。

婦人科を訪れることは、はずかしいという意識をもつ女性は多いと思います。また、対応がちょっときつい医師に診てもらうと、それがトラウマとなって、婦人科から足が遠のいてしまうといった例も少なくありません。

そういうときは、友達からおすすめの医師を紹介してもらったり、クチコミで根気よく自分に合う医師を探したりしてみてください。

身体のことから、パートナーとの関係まで、心置きなく相談できる婦人科医の存在は、私たちの人生に自信を与えてくれると思っています。

Interview
［対談］

クリスティーヌ・ルイ＝ヴァダさん

――産婦人科医

滝川✧日本ではピルを飲む習慣も、定期的に婦人科に行く習慣もあまりないようです。自分の身体は自分で守るという意識の上でもフランスとは雲泥の差があると思います。フランスの実情はどうなのでしょうか？

ルイ＝ヴァダ✧フランスでは、14歳になると性教育の授業が行われます。性交渉によって伝染する病気のこと、若い女性のために実践的な避妊の方法などが授業のプログラムに組み込まれているんです。婦人科を最初に訪れる年齢も、平均すると16歳くらい。母親が連れてくるというのが一般的ですね。

滝川✧母親が連れていくというのが、とても新鮮に聞こえます。日本では

クリスティーヌ・ルイ＝ヴァダ
1961年生まれ。医大を出てすぐに結婚。パリで有名な国立産婦人科病院に勤めながら自分のクリニックをもつ。弁護士の夫と4人の娘と暮らす。

婦人科へ通うことは、少しはずかしい、または怖いという意識があります。

ルイ＝ヴァダ ✦ フランス人は、それが母親としての責任と考えているのでしょうね。その後は、だいたい年に一度のペースで避妊の相談や病気の検査で通院をします。

滝川 ✦ フランス女性のほとんどが、ピルを飲んでいると聞いたのですが。

ルイ＝ヴァダ ✦ そうですね。地方はそうとは言い切れませんが、パリでは、50パーセント以上の普及率です。日本は違うのですか？

滝川 ✦ 日本では、まだ3パーセント以下という厚生労働省の報告があります。医師も積極的に勧めてはいないのが現状です。日本人は「婦人科＝はずかしい」という意識が根強くあるために、知識不足から深刻な病気や思いがけない妊娠を招いてしまい、人生を狂わせてしまうことがあります。日本も、婦人科の医師と、フランスのような関係が築けたら、女性としての人生が変わるのに、と思いますね。

ルイ＝ヴァダ◈その通りだと思います。婦人科と密接につきあうことは、女性が自分の人生を、自分らしく生きられるということなんです。たとえば、避妊について学ぶことによって、どの段階で子供を持つかを自分で決められるという自由を手に入れることになるのですから。

滝川◈そうですね。ところで、医師として、もっとも大切になさっていることは、何でしょうか？

ルイ＝ヴァダ◈患者の方との「信頼関係」と「調和」ですね。どんなに忙しくても、ひとりの患者に対して、20〜30分をかけて、じっくりコミュニケーションを取ります。

滝川 ✦ 日本は、待合室で長い時間待ったあげく、診察時間はほんの数分、ということはよくあります。

ルイ＝ヴァダ ✦ フランスは完全予約制がほとんどで、そういったことはあまりないです。診察は、ほとんどカウンセリングで、ひとりひとりとじっくり向き合います。質の高い医療技術を持つことはもちろん大前提ですが、それだけでなく心の問題に触れて、女性を生きやすくすることが私たちの使命だと考えています。

滝川 ✦ フランス女性たちは、どのような問題を抱えているのでしょうか？

ルイ＝ヴァダ ✦ パートナーや子供との関係に関わる問題が多いですね。女性が年に一度婦人科を訪れるということは、私は彼女たちに毎年会っているということになります。妊娠や出産のみならず、またその後の人生においても、ずっと一緒に寄り添っている気がしますね。医療的なつながりだけでなく、同じ女性として、彼女たちの人生全般に関わっているように思います。

滝川 ✦ 聞けば聞くほど、女性たちが求める婦人科の「機能」や「役割」が日本とは、異なることに気づかされます。ところで、ルイ＝ヴァダさんご自身、仕事と家庭を両立していると伺いましたが……。

ルイ＝ヴァダ◈弁護士の夫と娘が4人、孫がふたりいます。私には、医師としての人生、母としての人生、そして女性としての人生がありますが、どれもかけがえのないもの。私だけの時間はなかなか十分にとれませんが、時間を有効に使う工夫をする、つまりオーガナイズ（計画）すればいいだけのこと。じつは今朝も7時から患者2名の手術を終えてきたところなんですよ。

滝川◈そんな中、朝早くからのインタビューに応じてくださって、ありがとうございます。ところで、フランスと比較すると、日本はまだ、女性が働きながら子育てできる環境が充分ではありません。

ルイ＝ヴァダ◈フランスのように、社会的な保護がないと、働く女性たちは子供を産めないですよね。日本の少子化問題は、国の社会的保護があれば、解決できると思いますよ。ぜひ滝川さんたちがもっと前に立って、日本女性が仕事も出産も子育ても自由に選択できる社会をつくってください。

滝川 ✦ 本書を通じても、伝えていけたらと思います。

ルイ＝ヴァダ ✦ とはいえ日本女性の奥ゆかしさは、とても素晴らしい長所だから、社会的な権利を主張するあまり、それを失わないでほしいですね。

滝川 ✦ フランス女性の生き方をヒントに、日本女性の良いところも活かす方法はありますか？

ルイ＝ヴァダ ✦ 本当の豊かさは多様性から生まれます。日本女性は自分を見失わず、受け継がれてきた独特の文化を楽しみ、活かして、美しく進化していくのが大事ですね。グローバルな視野に立って考えると、日本女性が新しい文化を手に入れることによって、いま持っているものを失うのは、もったいないことです。そして、権利を主張することは大切だけれど、「男性化」してはいけません。女性は、女性に生まれてきたことを、もっと楽しんでください。フランス女性は、それが得意ですね。そして同時に、年齢を重ねても、ずっと「女」であり続ける努力も必要です。それはきっと、生きることが楽しくなる秘訣でもあるからです。

Chapitre 2

フランス的生き方

節約を楽しむ人たち

『お金がなくても平気なフランス人　お金があっても不安な日本人』（講談社文庫）。エッセイスト・吉村葉子さんが著したベストセラーのタイトルです。フランス人の父と日本人の母を持つ私は、この言葉のユニークさに思わず納得し、興味深く感じたもの。両者の国民性をこれほど的確に表現した言葉はないと感じたからです。

その中にこんなフレーズが出てきます。

「昼食に残ったバゲットと、買いおきのシンプルな板チョコがあればいい。子供一人分で一〇センチほどのバゲットに、たてに切り込みを入れる。サンドイッチを作るときの要領で、そこにポンと割った板チョコを挟んでできあがり」

フランスのママたちは、あまり子供のおやつを買ったりしないようです。クロワッサンにチョコレートを詰めたパン・オ・ショコラをパン屋で買うととても高いけれど、手づくりすれば安くつきます。これは、けっしてケチなわけじゃない。ママの愛情も伝わる、いわば「心豊かな節約」。お金でなく、手間をかける。他人がしてくれる手間にお金を払うより、そのぶん、自分の愛と頭を使ったほうが、ずいぶん豊かなのではないか、そう思っているのでしょう。

このお話は、フランス人ならではの節約ぶりを、じつに端的に語っているものだと思います。我慢でなく、工夫。ケチでなく、しまり屋。こだわりを持つフランス人のDNAを強く感じるエピソードです。

私たち姉弟が幼いころ、父は休みになると、よく車を借りて家族をヨーロッパのあちこちを巡る旅に連れて行ってくれました。

そのとき両親が考えた私と弟の遊びは、「アンティキテ（骨董品屋《こっとうひんや》）」でコーヒーミルや石油ランプを探すこと。1800〜1900年代ものなど、で

きるかぎりめずらしい骨董品を見つけて、どれだけ両親や店の人を唸《うな》らせるか、私たちふたりに競わせるのです。そして、より貴重なものを見つけた勝者がおこづかいをもらえるというシンプルなルール。私も弟も、見つけたほうが自慢するという無邪気な遊びに夢中になりました。無駄なお金をかけることなく、同時に歴史も学べて、とても楽しい時間を過ごすことができたのです。

今でも実家では、手に入れた骨董品たちが、インテリアコーディネイトを愛する母の手により、アートとして活躍しています。

思えば、わが家の毎日も、節約というより、より豊かな時間を過ごすアイディア、独自の工夫がつねにあったような気がします。

便利をお金で買うなんてつまらない。工夫次第でこんな豊かな時間が得られるのに。工夫こそが、楽しみなのに。それこそがフランス人の思う、本当の節約の価値なのかもしれません。

私たちはモノを持ちすぎ？

フランス人は基本的に、無駄なモノには一円たりともお金を払わない主義です。たとえTシャツ一枚でも、パリジェンヌはおいそれとは買わず、考えて考え、考えた末に買わないのです。モノを買うことに対して、とても慎重なのです。

そのモノが今の自分に、本当に必要なのか。さらには、同じモノならもっとクオリティがいいものがないか、もっと安いものはないのか。自分に何度も問いかけ、吟味に吟味を重ねるのです。

私の両親も例にもれず、むやみやたらにモノを買い与えてはくれませんでした。たくさんのモノを持つよりも、自分の審美眼で選び抜いて手に入れたひとつのモノを、じっくりと大切にするほうが、価値があると教えられたのです。

たとえば、大学時代のこと。まわりの友人たちがバッグや洋服など、いわゆるブランドファッションに身を包む中、私はつねに、プレーンなTシャツにデニム。明らかに私だけが、浮いているのです。

でも、ブランド品はいつか身の丈に合うときがきたら買えばいいと自然に思っていました。ブランドものをはじめて買ったのは、社会人になってからだったと記憶しています。

フランスでは、「個性的であれ」というのが大前提の考え方です。自分の個性を追求し、大切にすることを何より優先します。まわりと一緒になろうとするのは、むしろ恥ずかしいこと。だから、小さなころから隣の人が持っているからと言って、それを欲しがることはしない。むしろ、自分自身が本当に好きなモノ、隣の人が持っていないモノを探したい。それがフランス人の考え方なのです。

たまに母に、「みんなが持っているから、私も欲しい」と言うと、「それ、ウソでしょ？　みんなが持っているからそう思うだけで、本当に欲しいと思っていないはずよ」とはっきり言われたものです。

大学時代。いつもプレーンなTシャツとデニムでした。

幸せの価値

フランス人の「幸せの求め方」は、日本人とはまったく異なる方向に向いていることに気づかされます。

新しさや便利さを好み、それを快適と考える日本人。一方で、こだわりを最優先させるために不便も喜んで受け入れるフランス人。それは、街並みにも表れている気がします。

どちらが正しいというわけではないけれど、私自身は、たとえ古びていても、たとえ不便でも、年月を重ねるほどに味わいを増していくものに、より惹かれます。新しさや便利さを求めると、どうしても「古いものは捨てればいい」といった投げやりな気持ちが生じてしまうから。モノや空間を愛し、大切に育《はぐく》むという感覚のほうが、より豊かな気持ちになれるのでは、と思っているのです。

私が今住んでいる家は、かなり古く、シャワーが「気分屋」でお湯の温度が安定せず、ときどき水になってしまうほど。それでも、心の底から解放される、いちばん大好きな空間です。

これもフランス人のDNAなのでしょうか。人工的な新しさよりも時間を重ねた温もりを感じさせる古い家のほうが落ち着きや愛着を感じるのです。

そこに、ひとつひとつこだわり抜いて集めたアンティークの家具や小物に囲まれ、13歳になるインコのピポと一緒に暮らしています。また、見晴らしのよさも気に入っています。窓から見える大きな青空は、余裕がなくなった毎日の心に隙間をつくって緊張した肩の力を抜いてくれる、なくてはならない光景です。

もちろん、新しい家と比較すると、確かに、さまざまな住みづらさは否めません。あちこちに傷みがあったり、暑さや寒さを調節しづらかったりと、不便なところもたくさんあります。

でも、不便にこそ、人は愛情を感じるものではと思っています。手をかけることによって、一緒に呼吸をしている感覚が得られる、そして手をかけること自体に喜びを感じられる、だからこの空間に愛情を感じるのです。

ギターとワイン

フランス映画などで、女性がギターを弾きながら、軽やかに歌っている姿を見るたびに、あの独特の雰囲気にずっと憧れを抱いていました。パリが舞台の映画『ビフォア・サンセット』のラストシーンでも、ジュリー・デルピー演じるセリーヌがギターを弾いて、自作の曲をイーサン・ホーク演じるジェシーに弾き語るシーンはとてもセクシーで印象的でした。

最近、私もギターを習い始めました。まだ始めて半年ほどなのですが、その魅力に夢中になっています。

私の理想の女性は、Tシャツにデニム、ノーメイクに洗いざらしの髪……そして、じつはもうひとつ、「ギターが弾けること」。

楽器は脳波にいい影響を及ぼすという説もあるようですが、実際、私も精神的にとてもリラックスできます。ちょっとした気分転換に、時間があれば、ひとりで弾いているんです。

最近では、海外取材には必ず、ギターを担いで行きます。先日、取材で訪れたボルネオでは、森の中でみんな輪になって、スタッフにギターを弾いてもらい、楽しんだものです。楽器ひとつで場の雰囲気が和《なご》んで、緊張の糸がほぐれていくのです。

楽器には「自浄作用」がある気がしています。端的に言うと、「心の美容液」。細胞のひとつひとつ、ひいては心の奥深くまですーっと浸透して癒し、気分を高揚させてくれる、まさに隠れ美容術と言っても過言ではありません。

ギターで弾く曲は、私がナビゲーターをつとめるラジオ番組の影響でボサノバを練習しています。特によく聴いているのは、カエターノ・ヴェローゾ。ブラジル出身のシンガーソングライター&ギタリストで、ギターと声が奏でる、なんとも言えない色気を放つサウンドなのです。中でも『ドレス一枚と愛ひとつ』という曲は、私にとってのベストです。

もう一つ、私の好きなものは、一日の終わりにワインをいただく時間です。緊張感がふわっとほどける瞬間が好き。

一日の終わりに、ワインを飲みながら、さりげなくギターを弾いて、気ままに歌う。そして、時間がゆったりと流れていく。いつかパートナーや家族を持っても、そんな生活が自然とできる自分を夢見ています。

男は男らしく、女は女らしく

今、日本では「草食男子と肉食女子」という言葉が大きく取り上げられています。

女性の社会進出にともない、1986年の男女雇用機会均等法施行以降、男女平等が声高に叫ばれ続けた結果なのでしょうか。女性は男性同様の権利を主張することを求められ、男性は女性を尊重することを求められているうちに、わが国では、女性のようにやさしく細やかな男性と、男性のように潔く決断力のある女性が出現し、どこか「逆転現象」につながっているような気がします。

男性がやさしくなるのも女性が強くなるのも、とても素晴らしいこと。応援すべきことなのですが、ただ、本来なら、尊重すべき男らしさ、女らしさはどこへ行ってしまったのだろうと、少々不安になってしまいます。

一方で、フランス人は個人主義だからこそ男女平等だと、一見、そのように思われがちですが、意外や意外、じつは男らしさ、女らしさに対して、人一倍こだわりを持っている気がします。

フランスでは男女ともに、生まれたときから性差をきちんと意識したしつけがなされます。男の子は男の子らしく、女の子は女の子らしく、と徹底的に教え込まれるのです。

小学校では男の子に対して「ジェントルマン教育」がなされ、紳士的であることの意味や価値について教わっていたのを思い出します。

日本の家庭は、夫は大黒柱的な存在であり外で働き、女性は家庭を守ることが一般的とされてきましたが、フランスの男性が女性を守るということは、女性の生き方を尊重することであり、女性が自由でいることは、お互い気持ちよく生きることにつながるからなのです。

フランス人は、いくつになっても、ライフステージがどう変化しても、男性は男性で、女性は女性でありつづけようとします。それもきっと、生まれたときからの「らしさ」の積み重ねによるものなのだと思います。

生まれたときから、個人主義

日本の教育は、どちらかというと、型にはめようとする傾向があると感じていますが、フランスでは、小さなころから、個性を尊重する教育がなされてきました。

私が中学生のころのこと。泊まりがけの遠足に行くのに、詳細を記した「しおり」がありません。日本の遠足なら必ず配られるはずの、「よりどころ」がないのです。

もしかしたら、先生がしおりをつくるのが「面倒」だっただけなのかもしれませんが、これには人として学ばなければならない暗黙のメッセージが込められていたような気がします。

持ち物は自由。現地でのスケジュールの詳細は決められておらず、選択肢がたくさんあるので、誰とどう過ごすかを、みんなで話し合って決めて、思い思いに過ごします。つまり、何から何まで、自分の頭を使って判断し、行動することを徹底的に教育されるのです。

一方、日本では、どちらかというと協調性を養うことを最優先し、集団の中に溶け込む教育がなされています。

遠足を例に挙げると、日本では、つねに集団行動するのが基本ですし、その「和」を乱すことは許されません。持ち物は事細かく指示されており、持っていくおやつは「いくらまで」と予算まで決められています。行き先での過ごし方もあらかじめ決められていることがほとんど。日本の児童がもし突然「しおり」のないフランスの遠足に参加したとしたら、ビックリするだけでなく、たぶん、どう判断、行動していいのか、戸惑うのではないでしょうか。

また、私が小さいころは、日本では給食は残さないことが良いことと言われて教育されましたが、驚くことに最近では、フランスにおいては食べ物の

12歳くらい。フランスにて。近所の馬とよく遊んでいました。

好き嫌いを言えることは個性的であるとの理由から、残してもとくに咎《とが》められることはないそうです。

自分で自分の行動を決めるフランス式と、指示にきちんと従い、枠をはみ出さない日本式。そのしつけや教育には、小さいころから大きな違いがあります。

母は幼いころからつねに「個性を大事にしなさい」と言って私を育てました。服装から生き方まで、まわりに倣《なら》うのでなく、自分はどうしたいかをつねに問われていたような気がします。

そういう母も個性的で自分に正直に生きていました。それがとても幸せそうに見えたので、私も個性を大事にする生き方を素直に受け入れていたのだと思います。

子供のころの習い事といえば、親が決めたがるのが普通のようですが、私は苦手な算数を克服するために自分でそろばん塾を見つけて通っていました。おかげで算数の成績はぐんと良くなり、日本からフランスの学校に転校

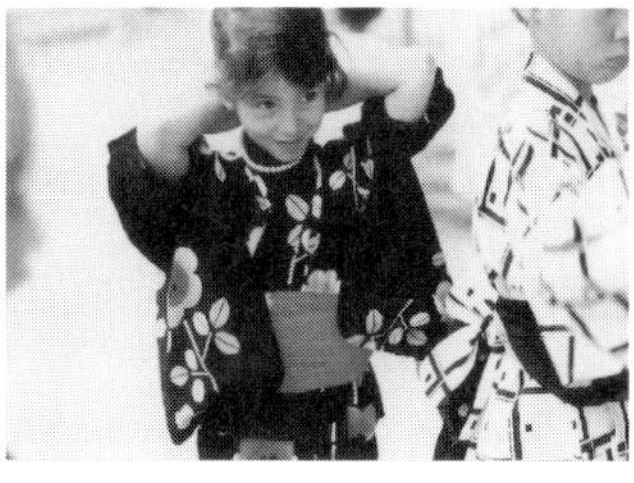
7〜8歳のとき。お祭りで踊ることが大好きでした。

したときは、暗算や計算が速かったようで、とても驚かれ鼻高々だったのを覚えています（ちなみに、フランスの学校での授業では当たり前のように電卓を使うのです！）。

ほかにも英会話が楽しくて近所のインターナショナルスクールの子供たちと仲良くしてみたり、運動が好きだったのでクラシックバレエや水泳、新体操、テニスに通ったり、いつの間にか得意な科目は数学、英語、体育になっていました。両親が自由にさせてくれたので、私は無意識のうちに、苦手なものを克服するよりも、得意なことを自主的に伸ばしていたように思います。

こんなエピソードもあります。

日本の都立高校に通いはじめたころ、制服でも私服でもよい校風だったので、私はよくフランスの女の子が着るような、ざっくりとしたニットのセーターと、派手な色や柄のスパッツをはいて登校していました。セーターはヒップがかくれない丈ですから、当然スパッツのおしりは見えています。友人から「よくそんなにヒップを出せるね」と言われてから、さすがにちょっとはずかしくなり、そのファッションはやめましたが……。

また、学校の部活動に参加するよりも、たとえばテニススクールを探して通うなど、放課後は自分の好きなことに時間を費やしていました。学園祭や体育祭などの催しものなどでは、自分で作り上げることが楽しくて、積極的に参加していました。

今振り返ると、当時の私は「決められた枠にはまりたくない」と思っていたのでしょう。よくいえば、かなりのマイペースだったのだと思います。

また、日本の高校生は、グループをつくって行動したがる傾向があるようですが、私はどのグループにも所属していませんでした。とはいえ、仲間外れにされたり、孤立したりしていたわけではなく、どのグループとも同じスタンスで仲良くしていたのです。個人主義だけれど、誰とでもコミュニケーションを取れる協調性をもつ、それが両親の教育だったのかもしれません。

大学に入学すると、ふつうみんなメイクをしたり、ブランドものに興味を

高校の修学旅行で。

持ったりしますが、まわりの友人たちが眉を整えても、私はなるべく手を加えないで、自然のままにしていました。まわりがブランドの洋服を着ても、私は古くてもお気に入りのデニム。それも、母の言葉があったからだと思います。

思えば、就職活動のときもまわりと同じようにという意識はなく、その格好も、人とはまったく違うものでした。まわりが黒やグレー、紺色のコンサバなリクルートスーツに身を包む中、私は、オレンジ色のタートルニットに茶色のパンツスーツ。たとえ就職活動であっても、いや、むしろ就職活動だからこそ、自分らしくありたい、個性的でありたいと選んだものでした。「まわりと違う」ということを恐れていなかったのかもしれません。それが正解だったかどうかはわかりませんが、私のそのスタイルが印象に残ったと言った面接官もいたようです。

ひとりひとり違う存在なのだから、それぞれに似合うスタイルがあるはず。自分自身への「探究心」を持つ前に、安心だからとまわりと同じ格好を

大学時代。友達と。

してしまうのは、もったいないのではないかと思います。まわりを気にしてみんなと同じような格好を選ぶのと、自分に似合うスタイルをその都度考えながら選び取るのとでは、生きていく上ではまったく異なる意味を持つのではないでしょうか？　自分に似合うスタイルを見つける楽しみを重ねてきた変遷は、振り返ったときに、必ずや一本の線になって自分の糧《かて》になっているのと思うのです。

カフェで政治を語る

パリのカフェでは、若い恋人を連れているマダムから、大学生のカップルまで、政治について熱く語り合っている様子をよく見かけます。家族間や友人間で、熱く語り合うのも日常茶飯事。フランス女性たちに聞くと、やはり、老若男女問わず、政治に関心を持っていると答えます。

政治が揺らいでいる日本では、最近でこそ話題に上ることも増えてきてはいるものの、まだまだ若者や女性の関心はさほど高くないというのが、現状ではないでしょうか。

政治家のナタリー・コシュースコ＝モリゼさんも、フランスでは、家族で食卓を囲みながら政治の話になることに触れ、このように語ってくれました。

「フランス人は政治に対して情熱的に関心をもっています。大統領は、いったい何をしてくれるのか、あの野党の政治家は実力はどうだろう？　などなど、個々の政治家に対して意見をはっきり言います。まるで知り合いやテレビタレントのことを話題にするように、評価したり批判したり……」

私たち日本人は、どこか関心がないから知識がない、知識がないから意見がない、意見がないから政治がダメになる……こんな悪循環に陥っている気がします。

ロンシャン・アーティスティック・ディレクターのソフィ・ドゥラフォンテーヌさんがインタビューの中で、「開発途上国の女性たちの多くは選挙権すら持つことができない。選挙権を持っているのに投票しないのは、権利を無駄にしているようなもの」と話していた言葉が印象に残っています。

政治に興味を持つフランス人は、自分たちの意見でそこから国が、世界が変わっていくかもしれないと考えているのです。

人生は自分でオーガナイズするもの

私が今回、インタビューをした8人のフランス女性たちはみな、多忙な日々を送っています。年齢や職業はもちろん、未婚か既婚か、子供がいるかいないかなどライフステージはさまざまですが、それぞれに、一日24時間では足りないほどに忙しい。必然的に毎日、家族とじっくり向き合って過ごす時間はごく限られています。

そこで、それぞれの毎日の大変さを私が案ずると、みな共通してこのように応えるのです。

「それは、オーガナイズすればいいのです」

オーガナイズとは、自分の時間や人生を自由に「設計」すること。

医師のクリスティーヌ・ルイ＝ヴァダさんは、

「人生は自分で『オーガナイズする』ことがとても重要だと思っています。もちろん、私個人のための時間はそう多くは残されていませんが、それもやりくりすればいいだけのこと」

そして、絵本作家のナタリー・レテさんは、こう言いました。

「自分の人生の手綱は、自分が握っているんだから。自分が自分のボスになるのよ」

インタビューから見えてきたのは、人生とは、他の誰でもなく、自分自身でつくっていくものであるという意識です。

結婚する、しない。子供を持つ、持たない。仕事を続けるか辞めるか。どう生きるかは、すべて自分次第。だからこそ、その選択や決断に、他人はとやかくいうべきではないし、むしろ、その人が選び取った生き方を誰もが尊重するのだと思うのです。

ヴァカンスを大事にする

フランス人は、8月から9月上旬にかけて、田舎などにヴァカンスに出かけます。その休みの期間は長い人ではなんと2ヵ月も。この時期のパリからは人気《ひとけ》がなくなり、ちょっとさみしい雰囲気になります。

とくにパリジェンヌたちは、ヴァカンスの数ヵ月前から計画をたてはじめ、何を着ていこうか、どんなことをしようか、準備期間さえも楽しんでいるように見えます。

フランス人は伝統的に金銭中心の思想に抵抗感を持っています。よって労働に対する考えも、義務といった思想がまだ根強く、できれば避けたいものとして位置づけられているので、労働から解放されるヴァカンスが好まれているのも自然なことなのです。

ふだん、家族とじっくり向き合う時間が割けないぶん、それを埋め合わせるために、ヴァカンスがある。フランス人にとってヴァカンスとは、けっして特別に贅沢《ぜいたく》な旅をするのではなく、家族や愛する人たちと過ごす時間を楽しんだり、自然の中でさまざまな体験をしたり、人と出会うことで、「人生の蓄え」を求めに行くような感覚なのです。

フランス人の多くは、心豊かな時間を過ごすために、家族と一緒にフランスの田舎に行って、自然に囲まれた家でのんびりと過ごしたり、遠くに住んでいる家族や親戚を訪ねたりします。観光やショッピングはせず、のんびり読書したり、ドライブしたり、美味しい食事を楽しんだりする充電期間であったりもするのです。

たとえば、私の家族もヴァカンスの時期は長期で休みを取っていたので、フランスの田舎に家を借りて滞在したり、祖母の家に親戚30~40人が集まって「家族会」をしたりして、過ごしていました。ちなみにこの「家族会」、祖母が亡くなった今も続いていて、一年に一~二度、いろいろなところで集

フランスにて。いとこ家族、弟と一緒に。

まっています。私は仕事の関係であまり参加できないのが残念なのですが、父や母は、できるかぎり参加し、楽しんでいるようです。

フランスの有給休暇消化率は93パーセント（エクスペディアレポート／国際有給休暇比較2010年より）、世界ナンバーワンだと言われています。一方、日本は56パーセント。パリの老舗百貨店のギャラリー・ラファイエットで国際コミュニケーションの仕事に携わるヴィルジニー・ダヴィッドさんによると、フランスでは年間5週間の年次有給休暇が与えられているのに加え、有給休暇を貯めることもできるので、年間6〜7週間のヴァカンスが可能なのだといいます。

おそらく、もともと、仕事とプライベートのベストのバランス、ワークライフバランスを取るために、リラックスするヴァカンスが必須、そしてそのほうが、仕事の効率も成果も上がるというのがフランス人の考え方なのでしょう。

平均付与日数のうちの平均取得日数　日仏比較

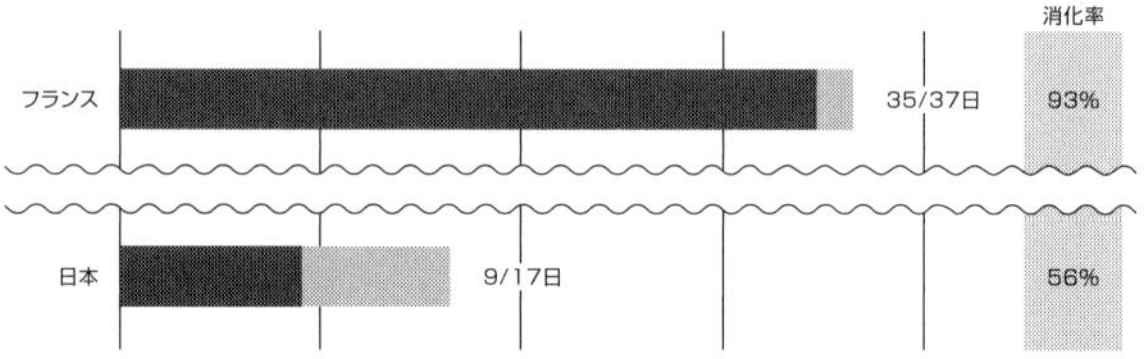

出典：エクスペディア レポート／国際有給休暇比較2010

Interview
［対談］

ナタリー・コシュースコ＝モリゼさん
——政治家

滝川◆フランスの働く女性をとりまく状況は、前進していますか？　政治家としての意見を聞かせてください。

コシュースコ＝モリゼ◆前進していると思いますが、いつの時代にもつねに大きな問題がありますね。まずひとつに、未だに男性に比べると女性のほうが子育てに時間を取られるので、男女間の賃金格差があります。

滝川◆今回の取材の前に、日本とフランスの女性解放運動の歴史を調べてみましたが（260ページ参照）、1970年代にその運動は両国とも活発化していますね。現在、女性の就業率は、日本の約66パーセントに対して、フランスは約80パーセント。働く女性は増え続けているのに、それでも、まだ

ナタリー・コシュースコ＝モリゼ
1973年生まれ。保守系の政治家。2010年11月14日よりフランソワ・フィヨン首相の第3次内閣で、自然環境保護相、長期開発相、交通&住宅相を兼任。夫と2人の子供と暮らす。

両国とも働く女性には十分な環境が与えられていないように思えるのですが……。

コシュースコ＝モリゼ ✥ 時代が変わっても、フランスではまだまだ男性社会。女性はどんなに働いても、ある一定のところでキャリアがストップしてしまうのが現実ですね。

滝川 ✥ フランスも日本と同様の問題を抱えているのですね。

コシュースコ＝モリゼ ✥ そうですね。

滝川 ✥ ところで、いま日本では、条件のいい結婚相手を見つけるための、「婚活」が流行っているんですが、それに対してどう思われますか？

コシュースコ＝モリゼ ✥ 「婚活」？　おもしろいですね（笑）。

滝川 ✥ フランスの女性たちは、既婚、未婚に限らず、どんどん子供を産んでいますね。事実婚やパクスにも法的な権利がそれなりに認められているわ

けですが、この公的サポートが少子化を食い止めるのに役立っているのでしょうか？

コシュースコ＝モリゼ ✦ フランスでは、子供を産むことと、結婚することは、まったく別の問題です。むしろ、少子化の歯止めのためにフランス政府が支援しているのは保育のこと。有給育児休暇をはじめ、育児補助金や託児所の確保など、女性が子供を育てながら仕事を続けられるような政策を講じています。

滝川 ✦ 日本の少子化の原因はいろいろあると思いますが、託児所の不足も深刻な問題です。

コシュースコ＝モリゼ ✦ フランスも、必ずしも十分とはいえませんが、さまざまな種類の保育施設を設けていますよ。公立のもの、民間団体によるもの……保育士の資格を持った人が家で預かるとい

うシステムもあります。もちろんベビーシッターも。たくさんの選択肢があり、公的に補助されているというのも、フランスの女性たちが子供を産んでいる一因ではないでしょうか。

滝川✦コシュースコ＝モリゼさんも、お子さんがいらっしゃるのですよね。

コシュースコ＝モリゼ✦はい、２人います。私も仕事が忙しいので、ベビーシッターさんや、おばあちゃん、おじいちゃんに預かってもらっています。もちろん、主人も協力的ですよ。彼はベビーシッターを雇うことにも賛成してくれるし、週末は料理もしてくれるのです。

滝川✦お子さんとのコミュニケーションの時間はありますか？

コシュースコ＝モリゼ✦時間はつくっていますよ。もちろん、家族との時間をつくるために、時間をやりくりすることが必要ですが。朝、仕事がないときは、私が学校に連れて行きますし、夜は仕事が終わらなくてもいったん家に帰って子供たちをお風呂に入れ、寝かしつけます。

滝川✦私が想像する以上に、忙しい生活を送っていらっしゃると思いますが、ストレスは溜まりませんか？　そして、リフレッシュやパワーアップのために何をされていますか？

コシュースコ＝モリゼ ✧ ストレス発散は、チェロを弾いたり、庭仕事や水泳をしたり。でも、あまり自分の時間はありません。

滝川 ✧ 日本の働く女性は、仕事か出産かで悩んでいる方が多いのですが。

コシュースコ＝モリゼ ✧ 子供をつくるのは、時間の有無ではなく、女性が社会を楽観視できるかどうかだと思うのです。つまり、社会を肯定的に見られるかどうか。そのためにも、女性が自立し、幸福でいないと……そんな社会をつくりたいですね。

滝川 ✧ そうですね。ところで、お忙しい生活をされているのに、とてもおしゃれをされていますね。服装で気をつけていることはありますか？　仕事、育児と多忙な日々を送っていても、エレガントでいられる秘訣があれば教えてください。

コシュースコ＝モリゼ ✧ 政治家の服装はある意味、むずかしいですね。透

ける素材やデコルテのあきが大きすぎるカット、丈が短すぎるもの、また色やデザインなどあまりに奇抜すぎるものも許されません。もし私が政治家でなければ、もっと違うファッションを楽しんだでしょうね。エレガンスとは、その人のパーソナリティに合ったスタイルとの邂逅《かいこう》。つまり、その人のTPOに合っているかどうかということだと思います。たとえば、仕事中なのにセクシーすぎるのはエレガントじゃない。その人自身が何かを語りかけるような存在感を放ち、「なんだか、素敵」と他人に関心を持たれることがエレガンス。そのためには、精神的にも自立していないと……。自立していない女性に自由はない、自由のない女性は神秘的ではない、神秘的でない女性には惹きつけられないと思いますから。

滝川 ✦ エレガンスとは何でしょうか?

コシュースコ＝モリゼ ✦ エレガンスとは、けっして標準化や一般化されるものではないと思います。控えめで多くを語らず、ミステリアス、だから、どこか静かに惹きつけられる、そんなものではないでしょうか。

Interview
［対談］

ナタリー・レテさん
――絵本作家

滝川 ✧ アーティストとして仕事をする、その原動力はなんですか。

レテ ✧ 私の場合、幸運なことに、好きなことをしてお金を稼いでいるので、ただシンプルに絵を描きたいと思う気持ちが原動力なの。もし仮に、「働かない」と決めたら、働かずに済ますことだってできるわけです。そう、自分の人生の手綱は、自分が握っているんだから。自分が自分のボスになるのよ。

滝川 ✧ でも、自分が自分のボスになってコントロールするのは、難しいことではないのですか？

レテ ✧ もちろん。でも成功するためには、コントロールしないとね。

ナタリー・レテ
1964年生まれ。カラフルでハッピーな絵、オブジェ、雑貨で話題のアーティスト。パリ郊外のアーティスト村にある緑に囲まれたアトリエ兼自宅にて、夫と2人の子供と暮らす。

滝川 ✧ 12歳と15歳の2人のお子さんがいらっしゃいますが、子育てとの両立はいかがですか。

レテ ✧ 私の場合はちょっと働き過ぎですね。主人もアーティストなのだけれど、ふたりともずっと世界中をあちこち飛び回る生活。でも、そういうときは祖父母が子供の面倒を見てくれました。ヴァカンスもなかなか一緒に過ごすことができなかったのも確か。だから、ふたりとも自立する年齢なので、将来の夢に向けてアドバイスをしたり、できることはしようと思っているの。

滝川 ✧ 忙しい毎日だと思いますが、仕事をしながらおしゃれをすること、つまりエレガントでいるということは両立すると思いますか？

レテ ✧ ええ、両立すると思います。その前に、エレガントとはけっして素敵な洋服を着ればかなうというものではありません。エレガントであるには、まず、自分自身の今に納得していないと。街を歩くにしても、前かがみでダラダラ歩いていてはエレガントではないわ。背筋をぴんと伸ばしてないとね。バレリーナもエレガントに見えるでしょう？　そして、心の底から気に入る仕事をしていること。自分自身がその仕事にしっくりきていないといけないわ。そして、自分を大切にしてくれるご主人がいたら、さらにエレガントになれるでしょうね。いつも自分のことを気にしてくれる男性がいれば、キレイでいるために気をつかうようになり、エレガントになれますよ。

滝川 ❖ 今の生活を維持するうえで、気をつけていることは何ですか？

レテ ❖ オーガニックな生活ですね。何を食べるべきか、何を食べてはいけないかなど、かなり慎重に選んでいます。だから、できるだけオーガニックマルシェで食材を買っていますね。まわりの友人も、そうしているようです。

滝川✦たとえば、食料品を買うとき、どんなことに気をつけていますか？

レテ✦加工された食料品は控えています。たとえば、精白された小麦粉でつくられた白いパンとか。できるだけ全粒粉でつくったものを選んでいます。そして、動物性食品、たとえば乳製品も摂らないようにしているわ。

滝川✦何かきっかけがあったのですか？

レテ✦ホメオパシー（自然療法）の医師のすすめです。以前は、よくお腹が痛くなったり、吹き出物が出たり、また鼻炎でいつも鼻水が出ていたんですが、食べ物を変えたら、それらの症状が治まったの。その先生のおかげで、食べ物を口にしたあとの身体の声を聞くことはとても大事だということがわかったわ。

滝川✦外出先でも同様の食事ですか？

レテ✦いいえ、家にいるときだけ気をつけているの。そのぶん、外では自由よ。あと、睡眠時間は十分にとっているわ。睡眠は、食と同様にとても重要だから。

滝川 ✧ ところで、日本女性を見てどう思われますか？

レテ ✧ そうね、日本に行くと、日本女性は自由な意志で行動していないような気がするわ。私と同じ世代の女性を何人か知っているけれど、とてもシャイね。たとえばパーティでは踊らないし。他人のことを気にしすぎているようにも見えるし。もったいないと思う。

滝川 ✧ フランス女性の自由は、女性解放運動などの歴史の中で勝ち取ってきたものなんですよね？

レテ ✧ 私はデモもストライキもやったことはないけれど、確かに私たち女性は表現をすることで、自由を勝ち取ってきたのかもしれないわ。仕事でもなんでもいい、自由でいるためには、まず表現することが大事なことね。

Le Paris chic d'après Christel

クリステル流
パリシックファッション

J'aime les séries limitées

ヴィンテージショップが好きです

パリはヴィンテージの宝庫！
新しいおしゃれと同じくらい、歴史あるモードも刺激的。
一点ものと出会える楽しみも。
今回は、素敵な黒のプチドレスを発見！

Les bases du Chic

おしゃれの基本

決め手は「抜け感」「デコルテ」「ストレートライン」。
シンプルでベーシックが好き。だからこそ
小物で個性を発揮したり、
自分ならではの着こなしにこだわる。
わざと崩しを加えてみることも。

Antoinett
ouvert
au Dimanche
2 71 25 07
OUVERT

Mes indispensables

欠かせないアイテム

セレクトする基本は、スタンダード感覚。
ストール、サングラス、帽子、大ぶりアクセサリーで、
自分流のスタイリングを創造する。

Mes photos de Paris préférées

パリ取材、おきにいりショット

1週間のパリ取材で、
いろいろな出会いがありました！

ワンちゃんを見つけると、
自然と手が伸びます!!

マンガキャラ入りバッグの
おばさんも鋭く見つけて。

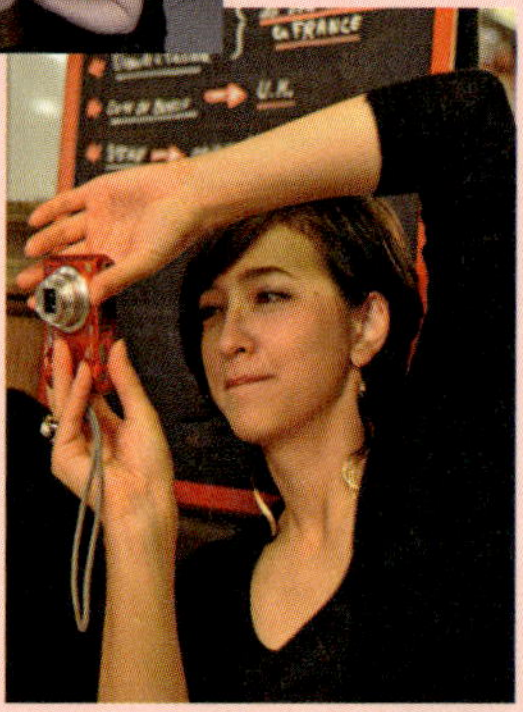

ビストロで
恋人たちを撮影。

ルイ・ヴィトンの2011
春夏コレクションにて。

いとこ家族のお宅に
招かれて、記念写真！

Chapitre 3

おしゃれ哲学

おしゃれの方程式

私がおしゃれで大事にしていること。それは「抜け感」です。

フランス女性がおしゃれにみえる秘密も、一言で言い表すとすれば、「抜け感」だと思っています。

デコルテのあき、シャツの襟元のあき具合、無造作なヘアスタイル……、決めすぎず「抜く」ことで、空気感をふわっと取り入れる。「抜け感」でちょっとした隙《すき》をつくることにより、女性らしさを演出できるのです。私も小さいころからそのテクニックを知らず知らずのうちに観察していたのかもしれません。自然と自分のファッションに「抜け感」をつくるようになっていました。

この本の表紙のコーディネートは、自分の中で、心地いいバランスを表現したお気に入りのパターンです。デコルテのあいたラルフローレンの黒いニットにデニム。これだけではちょっとさみしいので、パールのネックレスでエレガントな味付けを加えています。もし、黒いニットがタートルネックだとしたらどうでしょう。隙がなくなり、エレガントな雰囲気は消えてしまいます。

また、完璧すぎるのはつまらないからと、わざと崩しを加えるのもフランス女性流「おしゃれの方程式」です。

ボタンをひとつ余分に外す、髪をくしゃっとひとまとめにするなど、わざわざ「無造作」に見せるのです。これはフランス女性ならではの見事な計算。計算していない無造作は、だらしなく見えるだけ。計算されつくした無造作だからこそ、その人にしかない魅力になるというわけなのです。

こうして改めて考えてみると、フランス女性たちにとって、おしゃれは自分自身を女性として開花させるために絶対に欠かせないものなのでしょう。つまり、生き方そのものと言っても過言ではないのかもしれません。

個性を追求

フランス人は誰しも「まわりと違う」自分を追求します。物心ついたころから、自分は何が好きか、自分には何が似合うのか、自分らしさとは何か……と、つねに自らに問いかけます。つまり、「まわりがどうしているか」「他人からどう見られているか」を気にするのではなく、「自分らしさとは何か」に、いつもいつも思いを巡らせているのです。

「個性的」というと、派手な色や奇抜なデザインを思い浮かべるかもしれませんが、けっしてそうではありません。

むしろ、まったく逆。多くのフランス女性はシンプルでベーシックなアイテムを選んでいます。誰もが持っているようなオーソドックスなものです。でも、シンプルでベーシックだからこそ、ストールやアクセサリー、バッグや小物で個性を発揮したり、シックなワンピースでもベルトを個性的なものにしてみたりするなど、自分ならではの着こなしにこだわります。

フランス女性にとって、デニムは個性を発揮する必須アイテムのひとつ。

街で見かける女性たちも、足首の部分をわざとくしゅくしゅにしてバレエシューズと合わせ、ナチュラルな印象にしたり、裾をきちんと折りピンヒールに合わせ、女っぽさを演出したりと、着こなしはさまざまですが、とてもおしゃれです。

試着に時間をかける

フランス女性が「試着」に驚くほど時間をかけるのを知っていますか？

それは、日本人の感覚からは考えられないほど。どんなに安価なアイテムでも、アクセサリーやバッグであっても、これでもかというほど時間をかけます。

フランス女性にとって、試着とは、鏡に向かって自分と「対話」をすること。全身を見るのはもちろん、横から見たらどう見えるか、後ろ姿はどうか、座ったらどう映るのか、さらには、袖をまくったら、ボタンを外したらどう見えるのかと、バランスをくまなく確認します。

そして自分なりの着方や持ち方、もっと言えば、崩し方をああでもないこうでもないと検証して、そのアイテムが「自分らしく」をかなえるかどうかを見極めます。だから、試着に30分も1時間もかけた挙げ句に、買わないというケースも多いのです。

これほどまでに試着にこだわるのは、自分を、より魅力的に見せるため。全身のバランスがベストに近づくよう計算をし、少しでも顔が小さく見えるように、少しでもタイトなシルエットに見えるようにと工夫を凝らします。

しかも、肌を出したり曲線を強調したりして、女性としてのセクシーさを演出することも忘れません。

おしゃれの「オン」と「オフ」

フランス女性のファッションを観察していて、ある事実に気づかされました。それはおしゃれに「オン」と「オフ」があるということ。その対比がとてもドラマティックだということです。

日中は、かなりシャビー。「きちんと感」を求められる職種を除けば、仕事のときでも、Tシャツにデニム、ニットにレギンスといったカジュアルなアイテムを選んで、アクセサリーもあまりつけません。洗いざらしの髪をくしゃっとまとめるだけで、ほとんどノーメイク……と、とても自然体です。

ところが、夜になると一転。同じ女性とは思えないほどに、女っぽい装いに変身します。メイクをしてシンプルなドレスを纏《まと》い、肌も潔く露出する。アクセサリーをあしらって、光を添える。バレエシューズをピンヒールに履きかえる……と、同性の私でさえ、ドキッとするような変貌ぶりなのです。

これは、フランス女性たちのおしゃれに「ＴＰＯ」がはっきりと存在する証ではないでしょうか。シーンや時間帯によって求められている自分の役割を理解したうえで、自分らしいファッションを楽しむという感覚が備わっているからこそのオンオフだと思うのです。

「普段」と「いざというとき」の装いの大きなギャップ。これもまわりをはっとさせるフランス女性たちの計算なのでしょうか。女性のオーラはこんなところからも生まれているのだと感心させられます。

デコルテはおしゃれの決め手

日本の結婚式やパーティなどで、デコルテがあいたデザインのドレスを、ストールで覆《おお》っている女性を見かけますが、そんなときはいつも「隠すなんて、もったいない……」と思ってしまいます。

私は、おしゃれの決め手は「デコルテ」にあると思っています。デコルテの開いたニットは定番中の定番。だからこそ、その「あき具合」には徹底的にこだわります。鎖骨を見せて華奢《きゃしゃ》な印象を演出し、バストラインをさりげなく強調して女っぽさを添える。

フランス女性も、デコルテを出すことは惜しみません。

日本ではクルーネックやタートルネックが人気ですが、フランスはまったく逆。デコルテのカッティングが広く深いVネックやUネックなどが主流です。

確かに実際、着てみると、そのほうが、バストは豊かに、ウエストは細く、首は長く、顔は小さく……と、全体のバランスがきれいに映ることに気づかされます。

私のこだわりファッション

私のファッションは、シックでスタンダードなアイテムが基本です。ブランドにこだわることはありません。それよりも大切なのは、個性と上質さ。着ていて肩が凝《こ》らない、リラックスできる、そして、飽きがこないものを選ぶようにしています。

中でも、シンプルなニット、デニムは、私のファッションのスタンダードとなるアイテム。これらは、試着にも時間をかけ、妥協せず「私だけの一着」を見つけています。

ちなみに、最近気になっているのは、若手デザイナーによるクリエイティブなアイディアを感じさせるファッションです。

中でも、最近もっとも着る機会が多いのは、「ステラ　マッカートニー」。

デザインや着心地がいいのはもちろんですが、リアルファーを使わないのはもちろんのこと、靴やバッグのデザインにいっさいレザーを用いないなど、動物愛護活動に熱心なステラの姿勢やスピリッツそのものに、興味と共感をもったことも大きく影響しています。

モード感と社会貢献の両立、そして、けっしてぶれない信念に、とても魅力を感じるのです。少し値段は張りますが、それはひと手間かけているがゆえの、意味ある値段。とくにステラのテーラードジャケットは飽きがこないし、どんなベーシックなファッションでも、はおるだけでおしゃれになります。

私のプライベートスタイルの基本アイテムは、「デニム」です。

ほかのどのアイテムよりも、スタイリングの遊びが楽しめますし、「抜け感」や「無造作」をかもし出すからです。

形や色などがぴたりとはまる究極の一本に出会う楽しみ、出会ってからは着こなせば履きこなすほどに、自分の体にフィットしていく楽しみ、ストールや靴、アクセサリーと自分なりのコーディネイトによってさまざまな表情を演出する楽しみ……といった具合に。

はき古したデニムにTシャツ、Yシャツ、ノーメイクで大ぶりのアクセサリー、髪もさりげないまま。

でも、そこはかとなく魅力的……これが、私がずっと憧れている女性のスタイル。

年齢を重ねても、ずっと、デニムが似合う女性でいたいと思っています。

「ベーシック＋アクセント」が私スタイル

ベーシックなアイテムに、どこかに一点アクセントを添える、それが私のスタイルです。

私が、特に気に入っている4大スパイスアイテムは、帽子、ストール、サングラス、そして大ぶりのアクセサリー。どれも、顔まわりに「見せ場」を作る役割を果たします。

たとえば、大きめのイヤリング。私の場合は、ショートカットだからという理由もありますが、インパクトを耳元にあしらうことによって、顔がぱっと華やぐような気がします。

洋服そのものやコーディネイトが余計なものを削ぎ落としたシンプルスタイルであるぶん、そこに添えるアクセントがより目を引くのかもしれません。その効果で、小顔に見え、全身のバランスが美しく整う気がします。また、顔色を明るく健康的に見せる効果もあると思うのです。

サングラスも、デニム同様、顔の骨格やその人の持つイメージによって、似合う、似合わないの差が大きいアイテム。それだけに、自分に似合う一点を見つけたら、アクセント効果は絶大です。

ストールは、ふわりとまとったり、首まわりにぐるぐるに巻いたりと、表情を作りやすいアイテムの代表格。体温調節にも役立つし、スタイルの表情をアレンジできるので、フランスの基本アイテムとなっているようです。

いつもデニムだった大学時代、ストールだけは巻き方を工夫していたので、友人たちからその巻き方をよく聞かれました。

洋服は「ベーシックな上質」を厳選して、アクセントアイテムで「トレンド」を楽しむ……そんな私流スタイルも、じつは自然とフランス女性のファッションスタイルから学んだものなのかもしれません。

キャスターとしての服

テレビ画面に映る自分は、きちんとした印象を与えられるよう、意識をしているつもりです。

その中でもできるだけ「自分らしさ」を表現できるよう工夫をしています。洋服そのものにも個性を求めます。

通常、ニュース番組というと、テーラードジャケットなど堅い印象の服装が定番とされていますが、あえてそう考えず、人となるべく違うものを自然に選んできました。

ちなみに、私がよく着ていたアイテムは、白いシャツ。ただプレーンなものを選ぶのでなく、ベーシックでありながらもなんとなく動きを感じさせる一枚を選んでいました。

できる限り、枠にとらわれず自由に選んでいますが、これだけはと心がけていることがあります。それは、女性としての「清潔感」。男女問わず、年齢問わず、メッセージを正しく発信する人間として忘れてはいけないと思っています。

ストレートラインという清潔感

フランス女性は、洋服そのものや着こなしに「曲線」を加えるのが絶妙で、とても上手だと思います。

同じシャツでも、メンズライクなストレートラインではなく、丸みのある女性のボディラインにぴたりとフィットするものを選ぶ。ワンピースもボックス型よりも、ウエストを強調するAラインを選ぶ。それがフランス流なのです。

これが、フランス女性がセクシーなひとつの所以《ゆえん》。女性としての曲線を隠すことなく、むしろ強調するというテクニックのひとつだと思います。

私はキャスターとしての立場にあるときは、ストレートラインを選ぶようにしています。ストレートラインとは、全体的にまっすぐすっきりとした直線的なシルエットです。知らず知らずのうちに、そのようなアイテムを選んだり、着こなしで直線を表現したりしていました。

ストレートラインは「清潔感」を醸し出します。正統で端正……そんな印象を与えることができると思うのです。

私のヘアスタイル

女性たちからよく受ける質問のひとつに、私の「ヘアスタイル」に関するものがあります。

日によって、ファッションによって、そして見る角度によって印象が異なるようで、「どうなっているのですか?」とよく聞かれるのです。

私の髪型は、都内にあるサロンの女性スタイリストにおまかせしています。一見すると、普通の印象ですが、じつはアシンメトリー(左右非対称)にカットされています。左だと快活なショートカットに、右だと女っぽいボブスタイルにと、女性像さえも違って見せるのです。

また、ふわりと空気を含ませてスタイリングしたり、耳にかけてタイトなイメージにしたりと、自在に楽しめるのも、気に入っている理由です。

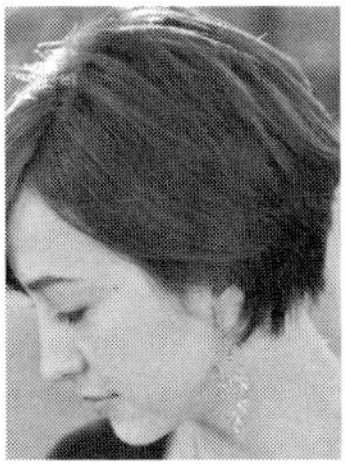

日本の雑誌を見ていると、よく「今シーズンはこの髪型が流行る」といった見出しが躍ります。傾向として、ヘアスタイルだけを切り離して考えるようですが、私は少し、違うと思っています。

ヘアスタイルは、どちらかというとファッションの一部。その日の着こなしやなりたいイメージによってニュアンスを変え、さらに洗練した印象へと昇華させるためにとても重要な役割を果たす「小道具」ではないかと思うのです。

街ゆくフランス女性を見ていると、この小道具をフルに活用しています。まとめ髪でも、ぴたりとまとめず、後れ毛をつくってしどけなさを演出したり、巻き髪でもきれいに巻かずにカールを不規則につくり軽さを出したり。まさに、おしゃれに欠かせないアイテムととらえているように見えます。

髪に「形」を求める日本女性。かたや、髪に「ニュアンス」を求めるフランス女性。

日本ではいつも、流行りのヘアスタイルがあります。丸みのあるボブスタイルに、ふわふわのロングヘア……など、自分にとっての理想形を求めているように思います。ところが、フランス女性たちは、まるで起き抜けのままのようにエアリーに下ろしたと思えば、ルーズなポニーテールにしたり、きゅっと無造作にまとめたり。わざとコートの襟の下に入れ込むこともあれば、サングラスをカチューシャ代わりにしたり、ドレスアップするときはタイトにしたり……。それはもう、フリーハンドでドローイングやデッサンを描くように自由自在。どれが本当のその人のヘアスタイルなのか、わからないほどです。いや、あるべき形などないのでしょう。

つまり、彼女たちにとって、髪は自分らしさを演出するために、毎日毎日変わるもの。ファッションも気分もつねに同じじゃないのだから、その数だけヘアスタイルがある……という考え方なのでしょう。

香水

フランス女性にとって香水は、おしゃれの最後を飾る最強のアイテムです。フランス女性に、「それはどこの香水？」とたずねると、「秘密♪」という答えが返ってきます。それほど、フランス女性にとっての香水は、人に教えたくないほど愛着をもち、個性を象徴するものなのです。

私は、物心ついたころから、「フランス＝香り」という印象があります。特に、香水の香りに触れると、不思議と「フランスに帰ってきた」と実感するのです。

私は小さいころから、夏休みになると毎年フランスを訪れていましたが、パリの空港に着くとまず、気がつくのは「あっ、香り」。女性とすれ違うと、必ずいい香りがするんです。「この香り、日本では嗅いだことがないなあ」とひとり優雅な気持ちになりながら、漠然と憧れていました。

私もいつか、自分らしい香りを放つ女性になりたいと思っていたのです。

日本女性にとって、スキンケアやメイクと比べ、フレグランスはまだまだ、必須アイテムにはなっていません。フレグランスをつけているという人でも、人気のあるブランドの香水を選んでいる場合が多いと思います。そのほうが安心してつけられるからなのでしょうか。だから、街でふと香りに触れても「〇〇の香り」とわかります。

一方、フランス女性の場合は、誰の香りも同じではないし、もちろんブランドや銘柄がわからないものがほとんどです。

フランス女性は、必ずと言っていいほど、自分に合ったフレグランスを持っています。

子供のころから香りに親しんでいる彼女たちは、大人になるにしたがって、自分らしさを香りでも表現しようとします。そのため、2〜3種類ブレンドするのなんて当たり前。自分だけの香りを調香してもらうこともあるの

だと言います。

しかも、昼と夜で自分の香りを変えることもあります。昼は爽やかな印象のものを、夜は女っぽい印象のものをとさらりと使い分けているのです。昼と夜とでは、自分の中にある「違う女性像」を表現したいということなのでしょう。

見えないところにお金をかけるという価値観も、そこに自分らしさを追求するところも、とても大人っぽい。

もし、香水をつけるのはちょっと照れくさい、どれを選んでよいのかわからないという初心者の方は、香りのよいボディクリームから試してみてはいかがでしょうか？　香りに慣れるとともに、お肌もしっとりするし、おすすめです。

私の育った家にも、香水がたくさん置かれていました。母も祖母も、いつもいい香りがしていて、それは私の記憶に鮮やかに刻まれています。

そのせいか、幼いころから香りを持つ女性に憧れていたので、今では

100種類ほどの香水を持っています。中には、母や祖母にもらった昔のものもあります。

報道の取材現場やスタジオなど、仕事によっては、まわりの状況を考えて慎むこともありますが、それ以外は、その日の気分で使い分けています。仕事モードと女モード……と、まるでファッションを着替えるように、香りとつきあっているのです。

そしていつか、もっと年齢を重ねたら、自分だけの香りをつくりたいと思っています。

香りは女性としての自分の気分を高揚させるのに、とても重要なアイテムだと思っています。自分らしい装いを完成させたら、出かける前に纏って「女度を上げる」。とても素敵だと思いませんか。

ランジェリー

フランス女性のおしゃれは、外見や香りだけではありません。

ランジェリーにも高い意識を持っています。

表面的には目に見えないものにおしゃれをするのは、女性としての緊張感を維持できますし、自分のためにも、そして大切な人のためにも欠かせない。いかにも彼女たちらしい価値観です。

私にとっても、以前からランジェリーはとても大切なものです。

ランジェリーは不思議なもので、気に入っているものをつけるだけで、わくわくするもの。大げさかもしれませんが、女性の本能を目覚めさせるだけの力を持っていると思うのです。

もちろん、これは下着だけの効果ではありませんが、それくらいの心意気で毎日を過ごしていたら、素敵な女性になれるのではないでしょうか。

だから、そうでないときにでも、心地よいだけでなく見た目にもきれいで自分の価値を高めてくれるランジェリーにこだわりたいと思うのです。

時代が変わったとはいえ、日本ではまだまだ「下着＝見えないもの」という意識が根強くあるような気がします。

フランスのランジェリーブランドには、色や形のバリエーションはもちろん、上質な素材にレースをあしらった、ため息が出るほど美しいものがたくさんあります。これなら、ちらっと見えたときにもふと女性らしさを感じさせるでしょうし、何より女性らしさを保つための「矯正力」を持つのではないかと思います。

それだけではありません。フランス女性たちは、着こなしによっても、きちんと下着を使い分けています。ランジェリーは、肌の一部であり、ファッションの一部。フランス女性にとっては絶対にないがしろにできないアイテムなのです。

ちなみに、フランスでは、ランジェリーショップを一緒に訪れているカップルをよく見かけます。日本の常識では考えにくいことですが、カップルで下着を選ぶことは、フランスではとても自然なことなのです。また、男性が女性にランジェリーをプレゼントすることも、めずらしくありません。

愛する男性のために、女性らしくありたい。愛する女性にはいつまでも女性らしくあってほしい。いかにもフランス的と言えるのではないでしょうか。

「エレガンス」と「自立」は両立する？

今回、インタビューした8人のフランス女性たちに同じ質問をしました。
『『エレガンス』と『自立』は両立しますか？』

ここで言う「エレガンス」とは、上品な美しさ、気品。「自立」とは仕事での活躍、キャリアアップなどを指します。昔に比べれば、ずいぶん自由なファッションを楽しめるようになってきたとはいえ、今なお日本では、仕事の場面で女っぽさを感じさせるファッションやふるまいは、タブー視される傾向にあるようです。仕事で成功したかったら、女っぽさを切り捨てたり、封印したりしなくてはならないのが暗黙の了解……つまり、エレガンスと自立の両立が難しいとされていると思ったからです。

8人のフランス女性たちの答えはすべて、「Oui《ウィ》（はい）」。

それぞれに忙しい毎日を送りながらも、けっしておしゃれをないがしろにすることはないと答えてくれました。

「エレガンスは、自立のためのひとつの姿勢だと思います」

と言うのは、ファッションデザイナーのヴァネッサ・ブリューノさん。ふたつはナチュラルに共存するものだというのです。

ロンシャンでアーティスティック・ディレクターとして活躍するソフィ・ドゥラフォンテーヌさんは、

「働く女性が、自分に注意を払うことは、他者とのコミュニケーションのひとつです」

と言います。

女性たちの言葉から、エレガンスは外見だけで測れないという真実が見えてきます。そう、エレガンスとは、自分への気遣いそのもの。おしゃれに自分らしさを追求する、だからこそエレガントだといえるのではないでしょうか。

Interview
［対談］

ヴァネッサ・ブリューノさん
——ファッションデザイナー

滝川 ✦ フランス女性と言うと、優雅で落ち着いていてエレガントというイメージがあります。その定義についてどう思われますか。

ブリューノ ✦ エレガンスとは、何か触れることができないもの、とでも言えばいいかしら。本物のエレガンスは、到達するのがとても難しい、なかなか手の届かないものだと思うんです。最終的には、自分に自信を持って心から自由になること。その人をつくる「根本」になるものだと思います。

滝川 ✦ それはどこから来るのでしょうか。

ブリューノ ✦ パリの「文化」にあるのではないでしょうか。この街特有の落ち着いた雰囲気「シック」を自分のものにしてより深めていくことで得ら

ヴァネッサ・ブリューノ

1967年生まれ。シンプルでカジュアルなのに、フェミニンなファッション「ヴァネッサブリューノ」創設者。フランス女性に人気のスパンコールつきトートバッグは、日本にも波及。現在、自身の娘、パートナー、パートナーの娘と暮らす。

れるものだと思います。目に見える表面的なものばかりが際立つとナチュラルさに欠けるでしょう。パリは、それを知っている。どこか肩の力が抜けたほっとさせる街なんです。フランス女性たちが多くを必要としないのは、シックという魅力を知っているから。

滝川✧シックというのが、私たちには難しいんですよね。

ブリューノ✧でも私は、日本文化を崇拝していますよ。私は茶席を体験したことがありますが、日本女性の立ち居振る舞いは、本当にしとやかで美しい。これこそが日本女性のエレガンスだと思います。

滝川✧日本女性は、どちらかというと、エレガンスと自立が両立しづらい環境に置かれているのでは、と思っています。たとえば、バリバリ働き、自立した女性でいながら、女らしさを忘れず、おしゃれをして、上品で優雅にふるまうことは、なぜか女を武器にしているかのようで誤解されてしまう場合もあるようです。

ブリューノ ✦ 自立とは、どういう意味ですか？

滝川 ✦ たとえば一つあげると、男性と対等に思い通りに仕事で活躍することでしょうか。日本では、職場において女性の立場はまだ、男性に比べると十分ではないような気がします。たとえば、子供を産むと職場への復帰が難しいといった具合に……フランスとは、事情が少し違いますね。

ブリューノ ✦ 女性がとても控えめで、男性に尽くしていることについては、私は反対ではなく、むしろ、そのおかげで日本の社会が機能しているという部分もあると思うの。女性も上手に男性の力を借りれば、うまくいくと思うわ。ただ、ここ15年ほどで日本も変わってきたのをひしひしと感じるし、これからも変わっていく予感があります。あなたのように、自由な女性も増えて、それが見本になりつつあると思うから。

滝川 ✦ エレガンスを語るのに、モード（服装やヘアスタイル）は欠かせませんよね。デザイナーという立場で、モードをどのようにとらえていますか。

ブリューノ✧今、モードはすごく大衆化してきました。有名ブランドでも、比較的安価で手に入れられるようにもなった。つまり、以前は限られた人のものだったけれど、現代は、誰もが自分の財布で近づくことができるものになったし、この傾向はこれからも続いていくと思います。だからこそ、つねに自分が好きなものに忠実であることが大切。フェミニンで、肩の力が抜けたパリ特有のシックさがあって……そしてどこか詩的であってほしいと思う。それがエレガンスだと思います。

滝川✧私たち日本の女性は、ずっとトレンドに敏感であるためには、どうしたらいいかが大きな関心事という傾向があるんです。

ブリューノ✧トレンドかどうかではなく、自分に似合う、しっくりくるブランドを見つけて、自分自身が美しくなることが重要なんです。それによって、自信を持ち、満たされること。トレンドを追いかけるのに必死になったり、振り回されたりするのは、ナンセンスだと思います。

滝川 ✦ おしゃれに自信のない日本女性も多いようです。アドバイスをお願いできますか。

ブリューノ ✦ 女性であるということを真正面から受け止めて、自分の女性らしさを楽しんでほしいと思いますね。日本女性が体のラインを出すことを恥ずかしいと感じる気持ちを非常に強く持っているのに比べて、フランス女性はデコルテや脚を大胆に見せることにさほど抵抗がありません。だから、フランス女性のほうがほんの少し官能的に見えるだけ。日本人もすごくきれいな肌や体を持っているのだから、迷わずに少し大胆になってみてはどうでしょう。自由が大切なのです。もちろん、「羞恥心」は日本女性ならではのエレガンスに欠かせないものだと思う

ので、忘れないでほしいですが。

滝川 ✦ ところで、ブリューノさんの言う、自由とはなんでしょう。

ブリューノ ✦ まわりの人の評価にとらわれないことだと思いますね。日本女性は、「こうでなくてはならない」という枠からはみ出すと「ダメな人」との烙印を押されてしまうのではと、つねに不安に思っているのではないでしょうか。日本女性の自由度が低いのは、まわりの目を怖がっているから。そういう意味では、日本ももう、変わらなくてはいけないと思いますね。

滝川 ✦ ブリューノさんご自身は、他人と自分を比較することはないのですか？

ブリューノ ✦ ありません。日本女性にもきっと、そんなパイオニア的な人が現れてきているでしょう。そして自分の子供を自由の中で育てようとしている人がいると思います。あなたもきっとそうなるでしょうね。応援していますよ。

Chapitre 4

美の定義

「見られる」より「触れられる」美容

私が日本女性とフランス女性との美容の価値観を比較して、大きな違いを感じるのは、「見られてどうか」と「触れられてどうか」ということ。だから、美しさの理想形が異なるように思えてなりません。

たとえば、日本女性は今、まつげをいかに長く見せるかに夢中になっているように見えます。つけまつげからまつげのエクステンションまで、たとえ人工的にでも、まるで人形のような見た目を作ろうとしているように思えるのです。

これは、言葉にするなら「見られるための美容」ではないでしょうか。

一方、フランス女性は、発想がまったく違うようです。美意識の高い特別な女性たちも、ほぼノーメイクで過ごすことが多いのがフランス女性。それでも、決してボディクリームと香水だけは欠かしません。

これは、男性に触れられたときに、しっとりしている肌のほうがいいはずだし、いい香りがするほうがいいに決まっていると思っているから。男性に触れられることを意識して、気持ちよく触れてもらうための美容。そのほうが、女性として、断然、重要だというわけです。

つまり、「触れられるための美容」。だから、彼女たちが何より大切にするのは、「つややかさ」。シミがあってもいいじゃない。シワが刻まれていても、たるみが目立っても気にしない。それよりもつやが男性を魅了するポイントなのだから……それが、フランス女性の価値観なのです。

しかも、不特定多数の男性に見られること、つまり「モテる」ことが目的と言うより、特定の愛する男性に触れられること、つまり「愛される」ことが目的。とてもシンプルなのです。

ほどよく好きな男性のために美容すること……それも大人の女性ならではの知性だと思います。

デコルテ・オーラ

フランス女性は、ふだんはノーメイクで過ごすことが多いようです。

私自身も、日常生活では、ほとんどノーメイクで、唇に輝きを添える程度。

ただ、何もしていないように見えて、じつは私なりにこだわっていることがあります。それは、肌を徹底的に「しっとりさせる」ということ。

肌が吸いつくような質感になるよう、スキンケアは丁寧に行います。隠すために塗りたくるというのでなく、浸透するだけ浸透させて、しっとり感が目に見えるような肌をつくるのです。

とくに私がこだわるのはデコルテ。フランス女性も「女はデコルテ」という意識が高いのです。

彼女たちは、日常的にも深いVネックやUネック、ドレスアップするときにはベアトップ……といった具合に、デコルテを堂々と見せるおしゃれを楽しんでいますが、私自身も、そう思います。女性はデコルテからオーラが出るもの。その「デコルテ・オーラ」をどれだけ出せるかで、女性としての存在感に圧倒的な差が生まれるのではないかと思うのです。

デコルテは、女性にしか出せない曲線です。女性の「優れているところ」ととらえ、徹底的に磨き込むパーツではないかと思うのです。

顔は人目に触れるので、否が応でもケアをせざるを得ませんが、デコルテや首には、意識が行かないのではないかと思います。誤解を恐れずに言うなら、顔以上に手をかける、それほどの心意気があってもいいのではないかと思うのです。

私は、最低週に一度は、デコルテから首にかけて、ゴマージュ（角質を除去するクリーム）でケアをします。同時に、リンパマッサージも行って、透明感としなやかさをキープするよう、努力をしています。首やデコルテがなめらかだと、自分で触れても気持ちのいいものです。

そして、日本女性にももっと、デコルテ・オーラを出してもらいたいと思っています。見せられるだけのクオリティを維持しようとすると、もっと見せるファッションを楽しみたいと思うはず。すると、もっとデコルテを磨きたくなるに違いありません。

女性の美しさとは

私が心から惹かれる女性には、共通点があります。それは、「己を知っている」こと。つまり、自分の優れている部分にきちんと気づき、認めている人です。

自分のことが好きだから、気づき、認められる、気づき、認めているからこそ、磨ける、磨けば自分のことをもっと好きになる……その「プラスのスパイラル」が、さらに個性を際立たせていると思うからです。

矛盾するようですが、なぜか惹かれる人は、限定されたパーツが印象に残るわけではありません。その人の持つトータルの雰囲気に惹かれる場合がほとんどだと思います。まわりをふわりと包み込んでしまうような「抜け感」があるような気がするのです。

その魅力の根本は「自信」。抜け感の裏には自信がある、つまり、強さの裏返しが抜け感になっているのだと思うのです。つまり、自分のことを愛しているから、それが雰囲気として表面に現れるのではないでしょうか。

自分に自信がないと、それを隠したいがために、外見も内面も作り込んでしまいます。作り込みすぎるから、ナチュラルさに欠け、全体の雰囲気が消されてしまうのではないかと思うのです。

たとえば、腕の産毛。日本女性は、「ムダ毛」と呼び、脱毛してつるつるに処理をしています。フランス女性を始め、ヨーロッパの女性たちは、腕の産毛をムダ毛とは思っていません。

毛の色が薄く、目立たないからという理由もありますが、それを決して「コンプレックス」や「恥ずかしいこと」とは思っていないのです。

私自身も、じつはそうでした。社会人になるまで、自然のままにしていたのです。あるとき、仕事場で指摘されてから、それが日本人の常識なのだと知り、処理をするようになりましたが、じつは、違和感を抱いているのが正直なところです。無理にいじらないほうが、ナチュラルでいいのに、と今でも感じているのです。

どちらかというと、日本女性はコンプレックスに目を向けがちだと思うのです。だから、それを隠して、完璧にしようとするあまり、作り込む方向へと行ってしまい、どんどん人工的になっているところがあるかもしれません。もしかしたら、まつ毛のエクステンションや、行きすぎたネイルアートも、作り込むことに慣れてしまった結果、生まれてきたものなのではないでしょうか。

フランス女性だって、みんなそれぞれにコンプレックスを持っているはず。決して日本女性に比べて、フランス女性が優れているわけではないと思います。でも、まったく違うのは、欠点をどうすればいいかと案ずるより、自分の長所を伸ばすことに目を向けるところ。自信がないところを隠すのではなく、自信があるところを強調する……同じように聞こえるかもしれませんが、実際、美しさの種類が違う気がするのです。

逆転発想してみてはどうでしょう。

コンプレックスを隠そうとするのでなく、逆にフランス女性のように、自分がアピールできるポイントを見つけて、そこを徹底的にブラッシュアップするという、いわゆる「自己プロデュース」です。

さらに自信を持つことができ、女性としてより輝きを増すと思うのです。

それは外見のみならず、内面にも言えることだと思います。

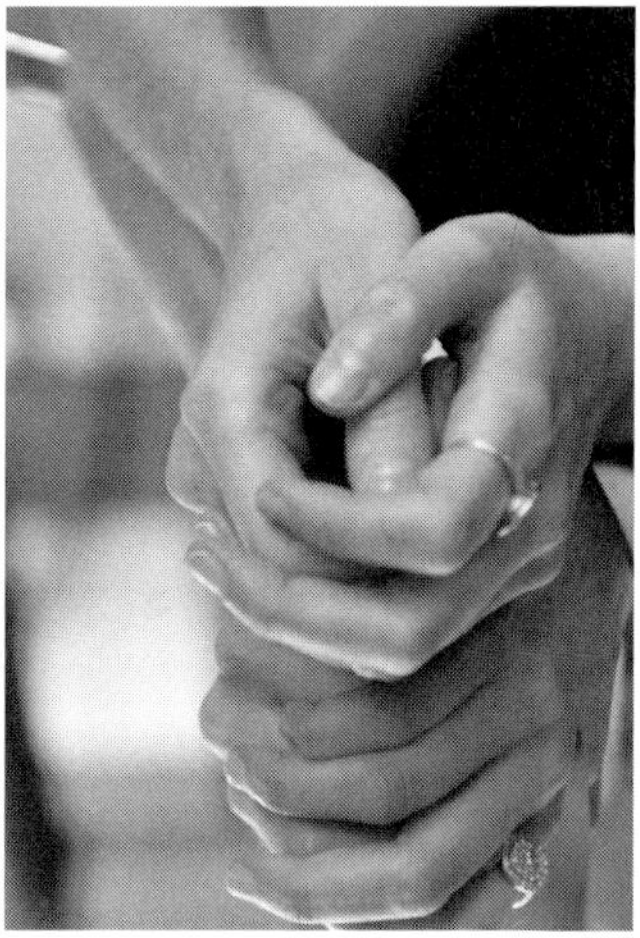

憧れの女性たち

私が憧れる美しい女性像。それは、清潔感があってナチュラル。それでいて、圧倒的な存在感。ファッションも抜け感があって、風がふっと通り抜けるように垢抜けている雰囲気が漂う人。

私の憧れの女性の一人は、フランスを代表する女優のソフィー・マルソーさん。実際、インタビューでお目にかかりましたが、ほとんどノーメイクでまったく飾らない方でした。

そして、強く感じたのは両性具有的な印象。つまり、女性のいい部分と男性のいい部分を両方兼ね備えていて、しかもバランスよく混在しているんです。しなやかに受け入れてくれる優しさと、凛《りん》とした強さを感じさせる、とてもフランス的な魅力をたたえた女性なのではないかと思います。

そしてもう一人、女優で歌手のジェーン・バーキンさんも憧れの女性。ジェーンさんも同じく、両性具有的な印象、それなのにそこはかとない女っぽさを感じさせる彼女は、日本女性の中でも憧れの的だと思います。

彼女は正義感が強く、社会的な活動家としても有名です。ジェーン・バーキンさんに取材したことがある友人に彼女の印象を聞くと、インタビューのときはキリリと真剣なオーラを発していても、終わると人懐こい無邪気な笑顔で、「一緒に写真をとりましょうよ！」と少女のように変身。そして、カメラの前に立ったとたん、わざと羽織っていたカーディガンの片方をめくって胸元をはだけ、デコルテ・オーラを漂わせたのだそうです。そのギャップがとてもかわいらしく周りの人たちは魅了されていたといいます。

憧れの女性をイメージするのは、「女性として自分を成長させる」ために、欠かせないことだと思います。その存在を自分なりに具体的に分析して、少しずつ取り入れる……これは、決して真似ではなく、自分らしさを追求するひとつの方法なのではないかと思っています。

美の基本は姿勢

パリの街ゆく女性を観察していると、気づかされることがあります。それは圧倒的に姿勢がいいこと。

ウィンドウショッピングで歩くときも誰かと待ち合わせで立っているときも本を読みながらカフェで座っているときも……いつもすーっと背筋が伸びているのです。同じ身長でも、同じ洋服を着ても、姿勢がいいかどうかで、バランスはまったく違って見えます。

彼女たちにとって、歩き方、立ち方、座り方などの動作は、すべて「ポージング」でなくてはならないのだと思います。つまり、自分をより美しく見せるための姿勢をいつも心がけているうちに、すっかり身についてしまったのでしょう。小さな子供たちから白髪のマダムまで、本当に美しい姿勢をしているのです。

私は、幼少のころから母に、姿勢をよくするようにしつけられていました。また、クラシックバレエをならっていたこともあって、つねに背筋をぴんと伸ばすクセがついているようです。上から背筋をきゅっと吊られているかのような意識を常に持つこと。それが、ひいては、バランスよく、センスよく見えることにつながると思います。

常によい姿勢を保つためにも、骨盤のずれを矯正するストレッチも行っています。定期的にプロにまかせて正しい位置に戻してもらい、日常的には家でテレビを見ながら行い、キープしています。昔は、自分の骨盤がずれていることさえわからないほどにずれていたようで、余分な脂肪を抱え込んでいた時期もありました。今は、ずれが自分でわかるようになったぶん、健やかになったということなのでしょう。骨盤のずれは体型のみならず、姿勢にも影響しているので、きちんとまっすぐにしておきたいものです。

ダイエットより健やかでいること

日本女性は、体のラインがわかるような着こなしは敬遠しがちですが、フランス女性は多少太っていても、体にフィットした洋服を堂々と着ています。体のラインを見せることは、女性としての健康美や色気を醸し出すことを知っているのでしょう。

また、日本女性ほどは、ダイエットをすることはないように思います。彼女たちは、女性らしい「曲線」を失うまでやせようとは思っていないようです。なぜなら、曲線を失うと、洋服も似合わないし、男性にも愛されないと考えているから。もちろん、ダイエットでなりたい体型に変える努力もするけれど、同時に、その個性を活かす髪型や洋服を見つけることにも時間を尽くすのです。

私も、「ダイエット」よりも「健やかでいること」を心がけたいと思っています。もともと運動好きでもあるので、週に1〜2回はジムに行って、テニスや水泳をしたりしています。これは、体だけでなく心のリフレッシュにもなっています。

一方で、食事もとても大切だと思い始めました。今まで、不規則な仕事のせいもあり、3食が2食になったり、一度にたくさん食べすぎたり、食事の内容に偏りがあったりと、正直、もっともないがしろにしていた部分でしたが、年齢とともに、もっと食事に気を遣わないと、健やかでいることはできないのだと自覚し始めたのです。

まだまだですが、これからなるべく自然のものを食べるように工夫をして、野菜を中心にした食事に切り替えて行きたいと思っています。

私と同じように、ストレスを抱えがちな30代女性たちは、食事を変えることで体はもちろん、心まで楽になることがあるのではないかと思います。

理想は「マクロビオティックス」。これは、玄米を主食、豆、海藻、野菜

を副食として、肉・魚・乳製品を控えめに、時間帯や季節に合わせて食べ方をコントロールする食事法です。まず、腸が健康になるので、肌や髪のつやが良くなり、ムリなく標準体重に落とせるのが魅力です。血液や内臓全体が健康になるので、イライラしたり落ちこんだりすることもなくなり、精神的な安定感を得られることも人気の秘密です。

ちなみに、フランス女性の間に、オーガニック志向はすっかり浸透しているようです。

現在、フランスでは、オーガニック食材も普通のスーパーマーケットで当たり前に売られています。ダイエットを気にするよりも、低農薬、無農薬など、不要なものが入っていない安全でおいしいオーガニック食材を選ぶこと。こうして、心と体を自分でコントロールすることも、フランス女性たちが「自由」に生きるための知恵であり、スキルなのでしょう。

自分をオーガナイズする意味でも、少しずつ取り入れて、理想の自分に近づいて行けたらと思っています。

年齢とともに「自由色エレガンス」へ

私は「エレガンス」という言葉が大好きです。

フランスの女性たちは、本当にエレガント。女としてさらに磨きがかかっていくような気さえします。

しかも、年齢に関係なく、いや、むしろ、年齢を重ねるほどに、エレガンスが増していくのが、フランス女性のにくいところ。

きっとこれも、誰かを「真似る」のでなく、その人自身のオリジナルを追求するからこその結果でしょう。時に恋に破れたり、くじけそうになるくらいの失敗をして、それでも年齢を重ねるごとに経験を積み重ねるから、自己表現がうまくなっていくのだと思います。

パリの街を歩いていると、ハイヒールをはいて颯爽と歩く年配の女性を見かけることがあります。髪は白く、顔にはシワがあるけれど、はっとさせられるほどに女っぽいのです。いくつになっても、「女性らしく」あることを意識しているのも、フランス女性らしさではないでしょうか。

私は、自分の人生を自由に彩り、美しくエレガントに生きる女性たちを見て、目指すべきは「自由色エレガンス」だと思っています。自分らしく女らしく自由に生きる、そして年齢とともに魅力が層をなす……そんなエレガントな女性にいつかなれるように、日々、努力したいものです。

Interview
［対談］

ヴィルジニー・ダヴィッドさん

――ギャラリー・ラファイエット勤務

滝川 ✦ どんな仕事をされているのですか？

ダヴィッド ✦ パリの百貨店、ギャラリー・ラファイエットで国際コミュニケーションの仕事に携わっています。

滝川 ✦ 毎日、多忙だと思いますが、心と身体のケアはどうしていますか？

ダヴィッド ✦ 一日の終わりに1分間のメディテーション（瞑想）を行っています。そして自分に「今日はいい一日だったか？」と問いかけるのです。一日を整理するのが目的で、もし深刻なことが起きた場合にそのストレスを軽減させる効果もあります。一方これは、自分の生活をベストな状態に保つためにも役立っています。たとえば、ハードな一日を過ごしたときは、自分

ヴィルジニー・ダヴィッド

1980年生まれ。パリの老舗百貨店ギャラリー・ラファイエット勤務。ショーメ、ディオール、ブシュロン、ドバイのEURO RSCGのPRを経て現職に就く。趣味は、ヨガ、文学、写真、宝石。

の時間を確保するといった具合に。

滝川　メディテーション以外には？

ダヴィッド　ヨガやピラティスをしたり、友人と食事やショッピングに行ったりと、一日の中でいつも仕事とプライベートのバランスを取るようにしています。また、自分のメンタルを鍛えるためにも、パターン化された毎日は好ましくないと思っているので、通勤では徒歩、自転車、地下鉄、バスに乗ったりと、習慣を変えています。

滝川　生活のリズムを変えているのですね？

ダヴィッド　たとえば、いつもと違う道を通れば、10年来の友人に出会うこともあるでしょう？　予測のつかないことを楽しむことが好きなんです。

滝川　好奇心旺盛ですね。そのように好奇心を持ったり、自分の時間を持つことが、仕事にもいい影響を及ぼしていますか？

ダヴィッド　自らの経験で学びました。私は以前、仕事以外の時間はないに等しいほど働き過ぎて、ストレスから病気になってしまったのです。実際、業務の効率も落ちましたしね。そこで、私は「本質」でないものをすべて捨てる術を学びました。食事に対しても考え方が変わり、着色料や添加物、脂っこいものをやめ、ナチュラルなものやオーガニックなものを選ぶようになりました。

滝川 ✦ オーガニック・マルシェにも行きますか?

ダヴィッド ✦ はい、行きます。少々値は張りますが、自分が口にするものにはこだわりたいと思っていますから。年齢とともに身体はどんどんデリケートになっていくのだから、身体をいたわらないと。

滝川 ✦ オーガニックへの意識は、フランスではもう、かなり浸透しているようですね。

ダヴィッド ✦ はい。ただ、これは単なる流行でなく、これからずっと続い

ていくと思います。なぜなら、私たちの寿命が延びたことにより、「いつまでも、より健やかな状態で生きたい」と思っているからです。だから、以前に比べて、食事はもちろん、運動にもみな、気を遣っていると思います。

滝川◈「自立」と「エレガンス」についてどう思われますか？

ダヴィッド◈私自身、エレガントでいるために、一日中、気を配っています。たとえば、スニーカーは持っていません。洋服はそんなに持っていませんが、ベーシックな品質の良い、きちんとしたものを選んでいます。だから、朝出かけるときに、何千もの服の山から選ぶということはありません。

滝川◈あまり悩まず、さっと選べてきちんとしたものを、ふだんから揃えているのですね？

ダヴィッド◈そうです。前の晩から準備するのはたいへんですし、朝、起きたときの天候や、肌の状態にもよりますから。朝はメイクも含め、30分で支度することを心がけていますが、その短い時間の中で、完璧な装いができるよう心がけています。だからこそ洋服のことを考える時間を節約するために、ふだんからベーシックで上質なものを揃えているのです。

滝川 ✦ ふだんから、あまり洋服は買わないのですか？

ダヴィッド ✦ ショッピングにはほとんど行きません。自分のイメージがはっきりしているので、考えなしでは買い物はしないのです。買うときは、一目ぼれをした時か、バーゲンの時に少し買い足す程度です。私のクローゼットの中身は、いたってシックな色やカタチのものばかり。

滝川 ✦ ダヴィッドさんにとって、自分自身を知っていることが、エレガントということですね？

ダヴィッド ✦ 目の前にステキな指輪があっても、自分に似合うかどうかわかりません。自分をどれだけ知っているか、自分をまっすぐ見ることが大事だと感じています。それがエレガントということでしょうか。

滝川 ✦ ダヴィッドさんにとって、もっとも大切なことはなんですか。

ダヴィッド ✦ まず、仕事で大切にしているのは「交流」です。集団でアイディアを出し合い思考する、ブレインストーミングなどで出てくる他者の意見によって自分の考え方の可能性が広がりますから。ひとりひとりの個性が、他者を豊かにする……チームで働くのは、本当に素晴らしいと思います。また、自分の行動に意味を見出すことも大切にしています。自分たちがしている仕事の意義を考えると、これからの戦略を立てることができるし、それによって進歩し、キャリアを発展させることができると思うからです。一方、人生においては、個としての自身の「開花」です。もちろん、両親や兄弟姉妹、恋人といい関係を築き、いつまでも好奇心を持って、健康でアクティブな日々を送りたいですね。

滝川✦結婚の予定はありますか？

ダヴィッド✦最終的には結婚したいと思いますね。とはいえ、80歳ではないですよ（笑）。自分自身、そして自分が何をしたいかをよく知って、自分の人生が好きだと思えて初めて、結婚がそれを完璧にするのだと思っています。そして大切なのは、女性がカップルの中に溶け込んでしまうのでなく、二人のアイデンティティはしっかりと残したままでいること。だから、けっして焦ってはいけないと思っています。

滝川✧フランスは、年齢を重ねても女性の美しさが評価される国ですものね。

ダヴィッド✧人はいくつでも美しくいられると思います。確かに肉体的には、当然、変化しますが、40歳でも50歳でも美しい人がいます。それはもう、日々の努力にかかっているのではないでしょうか。自分自身に注意を向け、太陽を浴び過ぎないようにしたり、運動したりして、ね。もちろん、歩き方や立ち方、座り方などつねに姿勢を正しくして、顔を上げていること。それを維持すること。維持こそが、エレガンスだと思います。

滝川クリステルと
8人の女たち

8 Parisiennes épanouies

輝けるパリの女性たち！
デザイナーからアーティスト、産婦人科医、政治家まで、
仕事に、子育てに忙しく、でもエレガントな8人にインタビュー。
ばりキャリなのに、おしゃれにも恋にも熱心。
失敗も努力も隠さない、本音の語りに感動です。

女性であることを
真正面から受け止めて
「女性らしさ」を
楽しんでほしいと
思っています。

Vanessa Bruno

ヴァネッサ・ブリューノ —— ファッションデザイナー

24歳で自らのブランドを立ち上げる。フェミニンで自然体、クリエイティブな服作りが、パリをはじめ世界中の若い女性に人気。特に日本ではトートバッグも人気。新作が並ぶアトリエを訪ねた。

自分の人生の手綱は、自分が握っているの。
自分が自分のボスなんです。

Nathalie Lété

ナタリー・レテ ―― 絵本作家

カラフルでハッピーな絵、オブジェ、雑貨で話題のアーティスト。パリ郊外のアーティスト村にある緑に囲まれたアトリエ兼自宅を訪れる。15歳の娘、12歳の息子を子育て中。

婦人科と密接につきあうことは
女性が自由に生きるために
とても大切なことなのです。

Christine Louis-Vahdat

クリスティーヌ・ルイ＝ヴァダ —— 産婦人科医

有名な国立産婦人科病院に勤めるかたわら、自分のクリニックでも他の病院でも多くの手術、カウンセリングを行う。弁護士の夫と4人の娘と暮らす。早朝の手術後、ご自宅でインタビューを行う。

たくさんの選択肢があり、
公的に補助されているから
パリの女性たちは子を産めるのです。

Nathalie Kosciusko-Morizet

ナタリー・コシュースコ＝モリゼ――政治家

シラク大統領のもと環境問題に関する専門家として政策立案に携わる。初当選時は最年少議員として注目を集め、テレビの論客としても人気を得る。分刻みで働く彼女に取材。

働く女性にとって
大事なことはエレガントでいること。
自分自身を開花させましょう。

Sophie Delafontaine

ソフィ・ドゥラフォンテーヌ

——ロンシャン・アーティスティック・ディレクター

ブランド「ロンシャン」の創業者の孫として生まれ、現在はブランドの伝統を革新する立場に立つ。新作の並ぶアトリエを訪ねた。

一日の終わりに
1分間のメディテーションを行っています。
自分と向き合うことは大切だから。

Virginie David

ヴィルジニー・ダヴィッド

——ギャラリー・ラファイエット勤務

仕事も恋も忙しい30歳。趣味はヨガ、文学、写真、宝石。彼女のお気に入りの、デザイナーズ・ホテルのカフェでインタビュー。

娘は戦時下で授かりました。
子育てと仕事の両立は
オーガナイズ次第です。

Isabelle Bioh-Johnson

イザベル・ビオ＝ジョンソン——世界の医療団勤務

人のために働きたいという動機から世界の医療団に所属し紛争地域を駆け回る。夫のサポートを受けて、13歳の娘を子育て中。

忙しく働きながらも
エレガンスを失わない。
フランス女性の伝統です。

Reha Hutin

レア・ユタン——動物愛護財団「30ミリオン・ダミ」代表者

ジャーナリストを経て動物愛護財団を創設し、同名の番組を始め人気キャスターとなる。エッフェル塔の見えるオフィスを訪ねた。

Chapitre 5

仕事は「心のエネルギー」

「メディア」の力に魅せられて

私が最初に「テレビ」という存在に惹きつけられたのは、小学生のころのこと。テレビで見た番組での「衝撃」がきっかけでした。

それは、黒柳徹子さんのユニセフ親善大使としての活動を報道する番組。当時、内戦など情勢が不安定な国が多く、飢餓や貧困にあえぐアフリカの子供たちを訪ねるリポートを見て、世の中の現実に、そして黒柳さんの姿に、心を動かされました。幼心に、日本に住む自分たちが置かれている環境がとても恵まれていることを痛感すると同時に、このような現実を広く伝えて行くことの意味と必要性を強く感じたのです。

テレビというメディア、そこに立つ人の存在感、それを掛け合わせることで、見えなかったことを浮き彫りにするという圧倒的な力。その影響力に感

社会人9年目のころ。

動を覚え、メディアの「意義」を初めて確信しました。

その感動がきっかけとなり、私もいろいろな経験を積み重ね、自分を成長させていきたいと漠然と思っていたような気がします。

ただ、大人になるに従って、テレビが持つもうひとつの面に気づかされ、その怖さを感じて、正直、興味や希望を失った時期もありました。

テレビは、封印してしまいたいような悲惨な事件も、取るに足りないスキャンダルも、一瞬にして、広く伝えてしまいます。つまり、悪い意味での影響力も甚大。「両刃《もろは》の剣」であることを、改めて知ったからです。実際、キャスターという職業に就いても、その両面を目の当たりにして、葛藤を感じる毎日でした。

それでも、私が今、テレビの世界に身を置いているのは、やはりテレビの圧倒的な力を信じているから。メディアしか持ちえない、世の中を前に進めるための力を信じているからなのです。

キャスターとしての7年

振り返れば、『ニュースJAPAN』（フジテレビ系）のキャスターの仕事は、7年にも及びました。

とてもやりがいのある仕事でしたが、２００９年9月『ニュースJAPAN』を卒業したのは、「止まったままでは、何も変わらない」と思ったから。動かないで後悔するより、不安でも前に進むことを選びたいと決断したのです。

この番組を通じて、ニュースという「事実」を広くみなさんに伝えることは、私が幼いころから抱いていた夢への貴重な「チャンス」であり、毎日毎日が人生における大切な「ステップ」だったように思います。

世界情勢や政治経済から事件や事故まで、さまざまな自分の思いを抱きつつも、それに左右されず、一定のメッセージとして淡々と伝えることがキャスターとして求められた私の使命。ときに、ショックを受けて落ち込んだり、やりきれない思いに苛《さいな》まれたりしましたが、そんな中で学んだのは、事実からけっして目をそむけてはいけないということ。現場で起きている出来事にまっすぐ向き合わなければ、説得力を持って伝えられないということです。

少しずつ、自分が強くなっていくのを感じました。そして、7年という長きにわたってその役割を果たせたことは、支えてくれたみなさんのおかげと感謝をするとともに、「続ける」ということの価値を改めて実感し、自分自身の大きな自信へとつながりました。

これからもずっと、現実を見て知って伝えて、そのうえで何か少しでも変えていく……そんな活動を続けて行きたいと思っています。

同期入社の3人と。
上左から相川梨絵さん、
政井マヤさん、
千野志麻さんと。

私のこれから

尊敬するジャーナリストやキャスターの方々がたくさんいる中、やはり黒柳さんは私にとって特別な方です。

私はなぜ、黒柳さんに惹かれたのか……今になって、その理由を自分なりに分析をすることで、自分自身が目指したい理想形が、より明確に見えてきたように思います。

黒柳さんは、女優、タレント、司会者、エッセイスト……と、さまざまな肩書を持ちながら、これらの肩書の「枠」を超えた、独特の存在感を放つ稀《け》有《う》な女性だと思っています。

思想というより、黒柳さんの人となりで世界の現実を受け止め、偏りなく伝えているように思えるのです。

もちろん、ユニセフ親善大使として、普段の生活では人々がけっして目を向けないような現実をよりよい形にしたいと地道に活動していることも、心を打たれた理由です。

同時に、黒柳さんは、30年以上も続く長寿番組『徹子の部屋』（テレビ朝日）の司会を務めていらっしゃいますが、その中で、表現者や業界のトップなどさまざまなジャンルの方々にインタビュアーとして話を聞き、私たちに伝えるという仕事を丁寧に重ねていらっしゃいます。

黒柳さんの場合、もはや彼女自身が「メディア」としての役割を果たしているのではないかと思います。

私自身も、リアルな自分が自分を通してリアルなものを伝えて行く……それが私の理想。黒柳さんに少しでも近づけるよう、そしてジャーナリストの新しい形をつくっていけるよう、努力していきたいと思っています。

仕事と結婚

結婚し出産後も働き続けて輝き続けたいけれど、子供を産んだら、前みたいに働けなくなる……。でも、産まずにバリバリ働き出産適齢期を過ぎてしまったらどうしよう……。

私たち30代女性は、仕事と結婚の両立に不安や焦りを感じている人が少なくないと思います。

取材した8人のフランス女性たちは、職業も年齢もさまざまですが、みんな口を揃えて「人生はオーガナイズするもの」と言い、私の心にリアルに響きました。自分たちの人生は、「自分がこうありたい」と思うことにより、自由に彩ることができるということです。

4人の子供を育てながら仕事をしている医師、クリスティーヌ・ルイ＝ヴアダさんは、子供を授かったのは、1人目が20歳、2人目が22歳とどちらも医学部の学生だったとき、そして3人目と4人目は研修医だったときなのだそうです。「一日24時間では足りないでしょう?」と問うと、「24時間以上は与えられないから、人生が凝縮されている感じね。でも、なんとかなるものです」と笑います。

世界の医療団で世界中を駆け回り活躍をしているイザベル・ビオ=ジョンソンさんは、子供を授かっているとわかったのが、戦時下のリベリアに派遣されているときのこと。それでも、迷うことなく任務を続けるという選択をしたと言います。

女性が働きながら子育てをすることは、人生において、たいへんなイベントです。しかし、彼女たちは厳しい現実があることを受け止めつつ、自分の仕事に誇りを持ち、子育ても自分自身の人生の選択の一つとして楽しみ、貫くために人生をオーガナイズする努力を重ねていることを教えてくれたのです。

つまり、「自分はどうありたいか？」を中心にすえて、さまざまな選択をすることが大事だということなのだと思います。

日本人とフランス人の働き方の違い

時代の移り変わりとともに、日本人の働き方も次第に変わってきてはいますが、どちらかというと、まだ家族と過ごす時間が少ない傾向にあるような気がします。

だからなのか、フランス人に比べ、家庭に対して「満たされている」感覚をあまり持っていないのでは、という話を耳にします。

残業は当たり前、夜、飲みに行くのも、週末ゴルフに行くのも仕事のうち……戦後日本の高度経済成長を支えた日本人の勤勉ぶりは、とても素晴らしいものだと思います。しかし、そのために家族との時間が犠牲になり、それが日本人にとっての働く「モデルケース」になってしまったのは、やはり残念なことなのかもしれません。

労働時間が長いことは、日本の少子化問題につながっているかもしれません。たとえば、いま、育児に積極的に参加している男性が「イクメン」と呼ばれています。雑誌『GOETHE《ゲーテ》』（幻冬舎）の取材で、育児に参加したくてもできない日本の父親を支援するためのNPO法人ファザーリング・ジャパン代表の安藤哲也さんにお会いしたときの話ですが、安藤さんはサラリーマン時代、育児のために率先して18時には帰るイクメン部長だったそうです。ところが、安藤さんの隣の部署は、仕事大好きで終電で帰る部長のシマでした。一年後、安藤さんのシマの社員には子供がたくさん生まれ、そのときに「ああ、これが少子化問題の縮図なんだ」と実感したそうです。

上司や他のスタッフが残っているから、もう少しがんばろうと、人を気遣うのは、日本人のいいところ。でも、人の犠牲になるのとは、意味が異なります。「自分の人生の主役は自分自身」と考えて、生活のクオリティに貪欲になることも一つの選択肢なのではないでしょうか。

昨今ワークライフバランスを大切にしようとする声が大きくなってきまし

たが、仕事とプライベートの割合が、日本人はまだ70：30といったイメージ。それに対してフランス人は50：50のような気がします。

男女の関係も、子育てのあり方も、フランスと日本との間に存在する顕著な差は、働き方の違いに端を発しているのかもしれません。

フランスは、他のヨーロッパ各国同様、「ワークシェアリング」という考え方が根づいています。つまり、仕事の総量をみなで分かち合って、ひとりひとりの労働時間を短縮しようとする発想があるのです。

次第に短縮の傾向にあった労働時間ですが、2000年からは、政府主導により、法律が制定され、労働時間が週35時間（週5日だと一日7時間）に制限されています。この時間をオーバーするなど違反があると、企業が罰せられるなど、シビアにチェックされています。

そのためもあるのでしょう。フランス人はほとんどといっていいほど、残業はしません。フランス人と仕事をする海外の人たちから「フランス人は働かない」というブーイングを聞かされることも頻繁です。

本当のところはよくわかりませんが、フランス人のこのような働き方は、「自分自身の人生を充実させる」という目的を果たすためのもののようにも見えます。

だから、仕事は労働時間内に終わらせる。だらだらと残業するのは、効率を下げるだけだと考えているのでしょう。また、仕事が終わってもさらに仕事仲間と飲みに行くということはほぼありません。仕事が終われば、それぞれに恋愛や家庭、友人や趣味といったプライベートを充実させるための時間。仕事を引きずりたくないと考え、むしろ、自分をリフレッシュさせるほうが明日の仕事に生かされるという発想なのです。

ヴァカンスという習慣があるのも、フランスならではでしょう。前述した吉村葉子さんの『お金がなくても平気なフランス人　お金があっても不安な日本人』にも「バカンス積み立てをしているカップルも多い……楽しいバカンスから戻ったのも束の間、その月のうちに翌年のバカンスの計画のはこびになるのだからたまらない」というフレーズがあるように、ヴァカンスの時

間を充実させるために働くという人も少なくないのです。

私は、仕事は「時間」ではなく「質」だと思っています。時間内に終わらせなければ、と思えば、より集中力が高まり、効率が上がる。よりクオリティの高い仕事になるのではないでしょうか。

プライベートな時間の質が変われば、もっと自然な恋愛が可能になる、家庭もうまくいく、子供も育てやすくなる、ストレスが減る……など、メリットがたくさんある気がするのです。

Interview
［対談］

ソフィ・ドゥラフォンテーヌさん
——ロンシャン　アーティスティック・ディレクター

滝川 ◈ パリの女性は自由というイメージがありますが。

ソフィ ◈ 私たち、最近の若い世代はとてもラッキーだと思います。なぜなら、1970年代に選挙権や婚姻にまつわる自由の実現など、女性の解放が多く実現し、真に自立できた母親を持っているからです。ただ、今なお解決すべき次なる問題も多々あるのも正直なところ。たとえば、女性は家族を持ちたい、子供が欲しいと思うけれど、仕事と家庭を両立させることは、まだまだ簡単ではありません。時代が変わったとは言え、男性が自分のキャリアを追い、女性に家事や育児を押しつける、というケースがあるのも確かですね。もちろん、以前よりは子供を預かってくれるシステムもありますか

ソフィ・ドゥラフォンテーヌ
1968年生まれ。ロンシャン創業者の孫であり、現社長フィリップ・キャスグランの娘としてファミリー経営に携わり、現在はロンシャンのアーティスティック・ディレクターとしてデザインチームをまとめている。夫と3人の子供と暮らす。

ら、我慢、意欲、エネルギー、そして鉄のような健康を持ってさえいれば、自立することは可能です。

滝川◈そんなたいへんな状態でも、フランス女性は「エレガンス」と「自立」を両立させていると聞きますが……。

ソフィ◈働く女性にとって、それは、毎日の闘いですよ。女性であり妻であり母であり、そして、仕事もしながらエレガントでいる……そのためには、つねに休むことなく、自分自身に注意を払っていなくてはいけませんから、想像以上のエネルギーが必要です。ただ、母親が自分自身に満足している姿を見れば、子供は嬉しいのではないかと思うんですね。私には3人の子供がいますが、彼らは私のことを誇りに思ってくれています。ときにたいへんなこともありますが、私が自分の仕事に満足し、仕事で自分を開花させていることを知れば、彼らにとっても幸せや誇りにつながると思うのです。つまり、私が彼らと過ごす時間は、長さよりも質。子供には子供なりの自由や自立を与えることも大切だと思っています。

滝川 ❖ 日本女性は、むしろ子供たちのために仕事をセーブしてなるべく家にいられる時間をつくりたいと考えます。大きく違いますね。

ソフィ ❖ もちろん子供の世話をすることを選んだ友人もいますが、私は彼女を尊敬しています。どちらも、人生の中の選択のひとつ。要は、他人が批判や干渉をしないことが重要なのです。

滝川 ❖ 人と比べるより、自分自身がどう生きるかですね？

ソフィ ❖ はい。どの人生を選択しても、大切なのは、自分自身を開花させること。「これが自分の道」と自信を持って見出すことができれば、そしてその人生に満足し、幸せを感じていたら、夫や子供、仕事仲間など、まわりをも幸せにすることができると思うからです。

滝川 ❖ かなり多忙な日々を送られていると思いますが、ソフィさんのリフレッシュ法はなんですか？

ソフィ ✧ 週末、散歩に出かけたり、ショッピングに行ったり、旅行をしたり……子供たちと一緒に過ごすことですね。子供はエネルギーの源。もちろんたくさんのエネルギーが必要でもありますが。そして、マニキュアをしてもらうのが好きだから、サロンで手を預けていたいわ。

滝川 ✧ 日本ではネイルアートがとても流行しているのはご存じですか？

ソフィ ✧ フランスではあまり見かけませんね。マニキュアをしてもらうのはそう安い値段ではないし、洗濯やら食器洗いやらいろいろとしなくちゃいけないから、フランス女性は爪に対して、それほど意識が高くないし、もっと質素ですね。日本女性のほうがエレガント、いやかわいい部分がありますす。

滝川 ✧ フランス女性に比べて確かに日本女性はかわいい部分がたくさんあると思います。ただ、「クール」な雰囲気はフランス人がとくに得意とするところで、よりエレガントに見えそうですよね。

ソフィ ✧ そうですね、日本女性はファンシーですね。

滝川 ✧ 日本男性は、どちらかというと、若くてかわいい女性が好きですから……。

ソフィ ✧ フランス男性も若い女性が好きよ。でも、確かにフランス男性は、かわいいよりセクシーな女性が好きですね。

滝川 ✧ 日本の女性のファッションについてどう思われますか？

ソフィ ✧ 夏でもストッキングをはいたり、ジャケットをはおったりして、礼儀正しいし、シックだと思うわ。フランスの女性は、夏はけっしてストッキングをはかないんです。日焼けした体を披露することを考えているわね。

滝川 ✧ 日本女性に対するイメージと、アドバイスをお願いします。

ソフィ ✧ 私の中ではふたつのタイプの日本女性がいます。ひとつは、流行に敏感、ブランドを知り尽くしている女性。もうひとつは、家にいて子供の世話をしているもっと伝統的な女性。どちらのタイプも、フランス女性に比べると、季節やシーンを問わず、きちんとした服装をしていますよね。服装だけでなく、挨拶をするときも、相手の目を見てお辞儀をしてと、とても丁寧。日本女性は、伝統的に礼儀正しい部分を持ち合わせていて、とてもエレガントだと思います。その部分を大切にしながら、もう少し自分を表現することを恐れないようにすれば、もっと進化していくと思います。私は、フランス人と日本人、両方のいいところを取り入れて、ちょうどいい折衷案を見つけるべきだと思いますね。

滝川✦今一度、エレガンスの定義を教えていただけますか。

ソフィ✦エレガンスはお金とはまったく関係がないと思います。たとえば洋服にしても、最近では手頃な値段できちんとした洋服を提供するブランドが増えていますから。しかもエレガンスはただ服装だけで語れるものではありません。話し方や姿勢はもちろん、美しい髪や肌といった自分への気遣いができているかどうかも、エレガンスを決める重要な要素。つまり、さまざまな事柄が美しくミックスされた状態だと思いますね。

Chapitre 6

サステナ美人を目指して

知ることが自分を強くする

私たち30代の女性は、キャリアアップ、結婚、出産、子育てなど、解決しなければならない問題がどんどん増えてくる年代です。だからこそ、さまざまな焦りや不安に包まれている女性は多いのではないでしょうか。

解決の糸口を求めて、パワースポットに行ったり、婚活を始めたり。でも、なかなか思うような結果が得られないのが現実。気がつけば、自分の人生を「満たす」ことで精いっぱいになりがちですが、だからこそ、あえて社会や世界に視野を広げてみると、息苦しさから解放されるのではないかと、私は考えています。

世界中で起こっているさまざまな問題、政治、社会的な問題などに目を向けてみると、不思議なほどに、「今の自分の焦りや不安は、こんなちっぽけなものだったのか」と思うようになると感じているからです。

今回取材したフランス女性たちの多くも、社会のさまざまな問題を「自分事」ととらえ、仕事を通して社会貢献できないかということをつねに考えているようでした。

私がニュース・キャスターとして活動していたころ、それまでは気づかなかったり素通りしたりしていた現実と向き合うことが多々ありました。あまりの衝撃に「知りたくなかった」と目をそむけたくなることがあったのも確かです。

ところが、そんな毎日を繰り返しているうちに、ふと気づいたのです。知れば知るほど、自分自身が今抱える問題は、ちっぽけであるという感情が芽生えるということ。

さらには、世の中で起こっている現実を知ると、私たちが今、享受している豊かさは、何かの犠牲の上に成り立っているのだと気づかされます。

そして、「知ること」によって、自分に何ができるかという発想につながっていくのだと思います。「知ること」で、人は輝きを増すことができる、そう思うのです。

　この章で紹介する、私がいま関心を持っているさまざまな社会問題も、それらを知ることにより、自分自身が強くなっていったような気がしています。私たちが抱えている小さな問題は、たいしたことではないと感じるきっかけになれば嬉しく思います。

日本とフランスのペット問題

ジャーナリストとして、いやそれ以前に、ひとりの人間として、さまざまな問題に関心を抱く中で、私が特に心を痛めているのが、ペットに関する問題です。

ペットに関する問題は、日本が抱えている闇を象徴していると思うのです。今、メスを入れないと、日本という社会が決して成熟できないと思っています。

日本は、世界でも例をみないほど、驚くべきスピードで経済発展を遂げてきました。ところが、その裏では知らず知らずのうちに犠牲が生まれ、そこに計り知れないひずみが生じていることは、アンタッチャブルな問題として伏せられてきたように思うのです。ペット問題はその最たるもの。「命」を軽視する精神は、すべてにつながるのではないでしょうか。今こそ、明らかにしなくては、そして改善に向けて努力をしなくてはいけないと思うのです。

今、日本は空前のペットブーム。日本でのペットの飼育数は、優に子供の数を超え、市場規模は1兆円とも言われています。

ところが、その一方で、人間のエゴにより、犠牲になっているペットがたくさん存在するのも現実です。

現在、日本では、犬と猫を合わせて、年間およそ28万匹が殺処分されています。そして、年間57億円もの私たちの税金が殺処分に使われているのです。しかも、残念なことに、先進国の中で、それに対する取り組みがもっとも遅れていると言われています。

また、「パピーミル」の問題もあります。パピーミルとは、特定の種を正しい方法で育てる「ブリーダー」に対し、お金儲けのために乱繁殖させる業者のことです。フランスなどは、「免許制」であるのに対し、日本は「登録制」であることが要因。つまり、誰でも簡単にブリーダーになれるので、結果、パピーミルをはびこらせてしまうのです。一方で、海外では禁じられている生後8週未満の子犬や子猫を市場に出たり、ペットショップの深夜営業が許されるのも、日本の法律の甘さ。これらも裏に潜む大きな問題となっています。

私自身も3～4年前からテレビや雑誌などを通じて訴えてきました。

そんななか、『ニュースJAPAN』での特集。番組を卒業する直前にペット問題について自主的に企画したときのことです。本当の現実を視聴者に伝えるためには、犬たちが殺処分されるまでの一部始終の映像を流してほしいと、番組プロデューサーにお願いしたのです。本来、局側は視聴者からの抗議電話を恐れるものです。しかし、このときはスタッフたちの温かい理解により、映像は流されることになりました。

すると番組終了後、番組を肯定する電話が8割を超えたのです。その大半は「勇気ある、いい番組だった」というもの。時に「事なかれ主義」になり

ペットシェルターの犬と一緒に。

がちなマスメディアが、あえて一歩を踏み出した事実を称える声が多かったことに、改めて感動を覚えました。また、つい先日の話ですが、この時の映像をフランスのニュース番組であつかったようです。

ただ、どんなに報道が訴えたところで、根本にメスを入れない限りは、改善はなされません。つまり、この問題の元栓を閉めないと、問題は水のように溢れるばかりなのです。

そこで5年に一度の動物愛護法の改正を今年に控え、議員連盟や識者の方々と話し合ったり、集めた署名を環境大臣に提出したり、よく行くお店に募金箱を置いてもらったりと、私にできることを考え、さまざまなレベルで活動させてもらっています。

そんな中、ペット問題のフランス事情について、レア・ユタンさんに話を聞きました。

ユタンさんは、「3000万の友達」を意味する「30ミリオン・ダミ」という団体の代表で、動物を愛する世界中の人たちのために、またペットの命

を守るためにさまざまな活動を続けている女性です。フランスでは、35年もの長きにわたり、ペットについての専門番組をつくり、愛護を訴えているパイオニア的存在として有名です。フランスでは、この番組を知らない人はいないと言われているほど有名です。

ユタンさんによると、フランスでも日本同様、ペットが人間の犠牲になっているのが現状で、それが最大の問題。フランスは日本に比べ、長いヴァカンスを取るのが習慣ですが、そのためにペットが邪魔になって捨ててしまうという現実はなくならないのだそうです。

ただ、フランスでは今、状況は大きく改善されていて、捨てられるペットの数は減少しつつあるのだそうです。ユタンさんが番組を始めた30年以上前は、50万匹にも上ったその数は、今では、なんと10万匹まで減少させることができたというのです。

その大きな背景に、ペットシェルターの存在があります。

ペットシェルターとは、やむを得ない事情や、人間の身勝手さから手放されてしまったペットを保護し、新たな飼い主を探して引き渡すことを目的とした施設のこと。フランスではすでに300〜400のシェルターが存在すると言われています。

30ミリオン・ダミは、そのうち、優良とされる200をサポート、支援金として、一シェルターにつき年間200ユーロ（約23000円）を提供しているそうです。

フランスなどヨーロッパ諸国では、シェルターやブリーダーの存在が認知されており、ペットショップはほとんどなく、ペットを飼いたいと思ったら、シェルターを訪ねるという習慣が根付いています。中には、年老いた犬や猫もいるそうですが、それらを引き取った飼い主には、ペットの医療費を30ミリオン・ダミが負担することを約束するという、真剣な取り組みがなされているのです。

ユタンさんは、語ります。

「特に都会においては、私たちは非人間的な環境に身を置いています。その

中に動物の存在がいることは、とても大切なこと。リスペクトすべき存在なのです。その意味と価値を私たちは伝えて行きたいと思います。一度飼うと決めたら、一生責任が生じることを今一度肝に銘じなくてはならない。ペットは、私たち人間同様、生きているのですから」

ヨーロッパ諸国と比較すると、日本はまだまだペット後進国ですが、現状を変えるべく、最近になって改善に向けて動き始めたメディアやＮＰＯ団体、個人が徐々に増えてきています。

「ペットは、バッグじゃない。見た目がいいから買うものではないのです」

私が印象に残った、ユタンさんの言葉。

私たちは、今一度、「当たり前」のことを見つめ直さなくてはいけないと思います。

サステナビリティの価値

雑誌の『25ans《ヴァンサンカン》』（アシェット婦人画報社）が発信し続けている「サステナビリティ」という言葉があります。

サステナビリティとは、人間活動が、将来にわたって持続できるかどうかを表す概念、「持続可能性」です。

『25ans』が言うところの「サステナ美人」とは、一過性ではなく、未来に向け、持続的な魅力、つまり「サステナブルな美しさ」を持つ女性を指すのだそうです。

その取材依頼をいただいたとき、言葉の新しさを感じるとともに、私自身がずっとそうありたいと思い続けていた信念と共通しているものを感じました。

私は人間の生物との共存共生にとても興味を持っていますが、それも、誰かが一方的に何かを与えるというあり方では、どこかで無理が生じて、社会自体が枯渇してしまうばかり。未来に向けて、続けて行くことは不可能です。

ひとりの力では、限界がある。与えるだけでは、続かない。それを大前提に社会貢献やエコロジーを考えなくてはいけないと思うのです。

教育の大切さ

この地球上にあるさまざまな問題を解決するうえで、もっとも大切なことは何か？　と聞かれたら、「教育」と答えます。

経済的な格差や自然環境の破壊、さらには地域紛争やテロリズムに至るまで、未来に向けて解決していくためには、とりわけ開発途上国の子供たちへの教育が、鍵となると思うのです。

その点で素晴らしいアクションを起こしたのが、「ルーム・トゥ・リード」というNGO（Non Governmental Organization 非政府組織）を立ち上げたジョン・ウッド氏。「ルーム・トゥ・リード」とは、アジア、アフリカの開発途上国において、学校や図書館を建設したり、現地語や英語の図書を寄贈したり、さらには少女たちに就学するための奨学金を提供するという活動を行っており、その活動は、現地の子供たちにとっては、まさに未来につながる希望の道筋となっています。

ジョン・ウッド氏は、少女たちへの教育を可能にする「女子教育支援プログラム」にも力を注いでいます。それは、経済的理由、文化的偏見から、家庭内で二の次に考えられがちだから。少女への教育に力を入れることで、女性は自分を守る方法を学び、自分の人生を決めることができるようになるのだと言います。

彼が来日した際に、会う機会を得ました。もともとマイクロソフト社でビル・ゲイツ氏の側近として活躍していた彼が、休暇で訪れたチベットで、たまたま出会った子供、そして訪ねた学校が、彼の人生を変えたといいます。

「マイクロソフトで得たビジネススキルを使えば、この草の根運動のスピードが倍増する！　と考えたのです」

と目を輝かせる彼に、まさに発想の転換、そして人間の知恵が、世界を変える、救うことになるのだという可能性を感じました。

今までのNGOやNPO（Non Profit Organization 非営利組織）は、ボランティアの精神で活動していた例が多く、特に日本では「お金をもらうべきではない」という意識が強くあります。そのため、長く続けるだけの資金を確保するのが難しく、持続性がないように思われていたのが現実です。

しかし、ジョン・ウッド氏はビジネスの発想をかけ合わせることで、根本的な問題を解決し、さらに進化したボランティアの形を実現しようとしています。資金があるから持続できる、「ルーム・トゥ・リード」の活動は、それを証明しようとしているのです。

つまり、「お金や物を与える」だけのボランティアは、続けて行くのが難しい。しかもいつまでたっても、根本的な状況を変えることにはならないと思います。一方で、現地の人たちの「教育」に力を注ぐことが、それぞれの働く意欲や環境、可能性へとつながり、さらには、開発途上国を本当の意味で救うことにつながるという考え方なのです。

ギャラリー・ラファイエットに勤務するヴィルジニー・ダヴィッドさんが

このように語ってくれました。

「私自身、少女の教育に高い関心を持っています。カンボジアの貧しい地域の少女たちに学問の機会を与える活動をしている元ジャーナリストが立ち上げた『誰もが就学を』という協会があります。普段、農業に従事しているカンボジアの少女たちが幼稚園から高校まで、学校に行けるよう、その両親たちに学資援助を行うもの。教育は、私たちを形作るすべての根源になっているのです」

教育は、人生の選択肢を生むもの。これは、途上国の子供たちに限らず、私たち自身にもいえること。意識を高く持ち、自分にできることを見つける努力を続ける。教育のこの力が、世界をよりよく進化させると思うのです。

ソーシャル・ビジネスの時代

2000年を越えて、経済のあり方が変わってきました。

いわゆる利益を追求する経済から、社会貢献を目的とする経済の時代へと、大きくシフトを始めています。

アメリカでは2010年、大学生の人気就職先ランキングの第一位が、グーグルやアップルを押さえて、教育NPO「ティーチ・フォー・アメリカ」となりました。教育が充分でない貧困地域に、一流大学のエリート学生が無償で授業をしに行くというプログラムは、アメリカの若者たちの未来への意欲を感じます。

日本でも、NPOや国連関係、企業のCSR部などが、最近は人気就職先として目立ちます。就職氷河期と言われるいまこそ、生き甲斐を感じる仕事を見つけようとする動きが、勢いを増しています。

社会問題の解決を目的として収益事業に取り組むビジネスを、ソーシャル・ビジネスと呼ぶわけですが、私のまわりでも、社会起業家を目指す友人たちの動きが見られるようになってきました。

私自身がソーシャル・ビジネスに興味を持ち始めたきっかけは、渡邊奈々さんの著書『チェンジメーカー』（日経BP社）という本を読んだときの衝撃、それが大きいものだったということにあります。

この本で、ノーベル平和賞受賞者でバングラデシュのグラミン銀行の設立者、ムハマド・ユヌス氏を知りました。信頼関係を基に、貧しい人々に無担保・低金利で少額融資をするシステム「マイクロクレジット」に取り組み、いまではバングラデシュのみならず、世界各地で成功を収めています。驚かされるのは、現在の顧客、800万人のうち97パーセントが女性で、彼女たちが銀行の株主だということ。画期的なシステムは、弱い立場になりがちな女性の自立と生活向上をも可能にしたのです。来日されたユヌス氏にインタビューする機会を得たのですが、「21世紀、これからの私たちは、お金を儲けるためのビジネスではなく、何か他のことのためにビジネスをしていくんだ」という言葉、そしてそれに「楽しみながら取り組む」という考えが私にとっても印象的でした。ソーシャル・ビジネスによって人々の問題を解決することができれば、その喜びは金銭的利益をあげることでもたらされる喜びと同じくらい高揚したものである、という言葉にも、ユヌス氏の強い使命感を見た気がして、大きな影響を受けたのです。

私たちは、何のために生きているのか？　自分の欲望を満たすだけで、人生はいいのか？　そんな20世紀から持ち越した人類の哲学的課題を、この21世紀では、解決しなくてはいけません。私自身は、キャスターという仕事を通して、社会に貢献できる情報を伝えていくという仕事を心がけていきたいと思っています。ソーシャル・ビジネスから、「ソーシャル」という冠がとれて、すべての仕事が、イコール社会貢献するものであるという日がくることを希望として持っていたいものです。

目に見えない大切なこと

私が高い関心を抱いているテーマのひとつに「生物多様性」があります。耳慣れない言葉だと感じる人も多いと思います。

生物多様性とは、あらゆる生物種と、それらによって成り立っている生態系の豊かさやバランスが保たれている状態を指す、幅広い概念。私たちは、生態系の一員であると同時にその恵みによって生かされています。

ところが、現在、世界中でたくさんの野生生物が絶滅の危機に瀕しており、その原因の多くが人間の活動にあると言われています。生態系を壊すことは、私たち人間の生活にも、いつか跳ね返ってくる、それなのに私たちが自覚していないのは、とても大きな問題だと思うのです。

たとえば、私の初のフォトブック『生き物たちへのラブレター――生物多様性の星に生まれて』(小学館)でボルネオを取材したときのことです。

アブラヤシの実から精製される世界で最も使われている植物油「パーム油」は、そのおよそ85パーセントがボルネオを含むマレーシアとインドネシアで生産されています。パーム油は、ポテトチップやカップ麺、チョコレートなどの食品から、石鹸や洗剤などの生活用品に至るまで、幅広く使用されているものです。

かつては豊かな森だったボルネオですが、パーム油を生産するために、ここ20~30年で急激に巨大プランテーションへと変貌。そのせいで、テングザル、ボルネオゾウ、そして絶滅危惧種になっているオラウータンなど野生生物たちは、暮らす場所を追われ、生命の危機に脅かされています。

そんな悲惨な状況を目の当たりにしたとき、私たちはこれらの「犠牲」から目をそむけてはならないと強く感じました。私たち先進国の人間が当たり前のように豊かな生活を享受するために乱開発が行われることで、動物たちの生活を脅かしていることを知らなくてはならないと思ったのです。

確かに、パーム油は、私たちが生きていくために必要なものかもしれません。パーム油を持続的に確保しながら、地球上の多くの生物たちが生きる環境を保全しなくてはならない。今すぐ、改善しなくてはならない問題だと強く感じています。

最近では、持続可能な、つまりパーム油以外の代替可能な原料調達と生物多様性の保全に心を砕く企業も出てきており、「産業」と「環境」をベストなバランスで両立させる取り組みもなされています。

彼ら野生動物を傷つければ、私たち人間も傷つきます。でも逆に、思いやりを注げば、喜びを分けてもらえるはずです。誰もが心の底で気づいていること。だから今こそ、認識を新たにするべきだと思っています。

昨年10月には「生物多様性条約第10回締約国会議（COP10）」が日本で催されたにもかかわらず、我が国ではまだ、その知識や意識が高いとは言えない状態です。

政治家であるナタリー・コシュースコ＝モリゼさんによると、フランス人

は生物多様性について日常的によく語り合うのだそうです。また、自然の美しさについてのテレビ番組も人気だと言います。そういえば、俳優であり映画製作者でもあるジャック・ペラン氏が製作・監督した、世界中の海とそこに暮らす生命体を革新的な映像美で描く海洋ドキュメンタリー、『オーシャンズ』もフランス映画でしたが、ほかにも環境を題材にした映画はたくさんあるのだそうです。

日本でも、絶滅危惧が叫ばれている生物多様性ホットスポット（生物多様性重要地域）があります。もっと国民が高い関心を持つように仕向けなくてはならない深刻な問題。これも、ストレートに、広く伝えて行くべき、私に課せられた使命のひとつだと思っています。

最後は、少し堅い話になってしまったかもしれません。でも、多くの社会問題に関心を持つことは、私たち女性をもっと強くし、魅力的に輝かせてくれると信じています。

Interview
［対談］

イザベル・ビオ＝ジョンソンさん
——世界の医療団勤務

滝川✦世界を、しかも戦地を飛び回る仕事だそうですね。

ビオ＝ジョンソン✦世界の医療団「メドゥサン・デュ・モンド」で救急部隊としての仕事をしています。選抜医療兵として、戦地に飛び、人命を救うのです。団体としては、国際的な活動と国内の活動に分かれ、私は前者にのみ従事しています。現在、私は国際任務に関する実施指示補佐官で、すべての統括をしています。つねに25〜30くらいの国の任務実施に携わっており、ときに現地を訪れて、そのチームの責任者に会って状況を確認し、任務がスムーズに進むよう、指示をするのです。最近では、パレスチナのガザ地区、ニジェール、ジンバブエなどを訪れました。

イザベル・ビオ＝ジョンソン
1972年生まれ。人のために働きたいという動機から看護師になり、奉仕活動を始める。2006年より世界の医療団に所属。20ヵ国以上で繰り広げられているプロジェクトに関して、活動する団員のセキュリティなどの確保、世話などの仕事に従事。夫と13歳の娘と暮らす。

滝川 ✦ それはたいへんですね。そのような仕事だと、家庭との両立は難しいのではないですか。

ビオ＝ジョンソン ✦ ふつうは難しいのかもしれませんが、「自分はどうありたいのか？」と自分に問いかければ、自ずと解決策は見つかるものです。困難か困難じゃないかは、自分のオーガナイズ次第だと思いますよ。私の場合、じつは、娘を授かったとわかったのが派遣先、戦時下のリベリアでした。それでも私は、任務を続ける決心をしたのです。安全に気をつけて、なんとか切り抜けました。そして、私がこの仕事にかける情熱を理解してくれる主人は、子供を育てるために「僕が職業を変える。僕が、娘のためにここに残るよ」と言ってくれたのです。これからもずっと続けて行くつもりです。

滝川 ✦ 日本では、妊娠、出産した女性はそれまでのように働けないことも多いのですが。

ビオ＝ジョンソン ✦ フランスも同じですよ。小さな子供を置いて長期間出かけることは大変なことに違いありません。でも、戦地には、私の助けを必要としている人がたくさんいる。娘は、たとえ私がそばにいなくても、それは一時的なもので、また一緒に暮らせるのだからと自分に言い聞かせていました。

滝川 ✦ お子さんは寂しがっていませんか？

ビオ＝ジョンソン ✦ 娘はもうすぐ13歳になりますが、私の仕事をよく理解していて、いなくなることには慣れっこですね。その環境のせいか、世界のことを驚くほどよく知っています。特に、私が行くような危機に陥っている国や地域のことはテレビで報道されることも多いので、さまざまな情報を得ているのです。そして、彼女は将来、世界を駆け巡りたいと言っています。

滝川 ✦ 仕事で、もっとも大切にしている

ことは何ですか？

ビオ＝ジョンソン ✦ もちろん、「命を救う」ことです。そしてもうひとつ、人間関係も大切。助け合いの中から生まれる連帯感は、かけがえのないものですから。

滝川 ✦ 人生において大切なことは何ですか。

ビオ＝ジョンソン ✦ 自分自身がいかに開花するかということですね。女性は、ひとりひとりに違った花があり、プライベートで咲かせる花、仕事で咲かせる花と、さまざまだと思います。私の場合は、片方よりも両方のほうが、より満足度が高いと思っています。

滝川 ✦ 仕事だけでなく、家庭に関しても努力をしているのですね。

ビオ＝ジョンソン ✦ 子供と一緒にいられる時間は物理的に少なくなりますが、長さではなく、質が大切だと思っています。2ヵ月に一度は、1週間の有給休暇を取るように心がけ、主人と娘の休みに合わせるようにしていいます。普段、一緒にいられない分、休みにはパリを離れて旅行するなど共に過ごします。普段は仕事に100パーセントのエネルギーを注ぎ、休みは100パーセント家族の濃密な時間。こうして、バランスを取っているんです。休みが多いのは、フランス人の特権。そうでなかったら、両立できないと思います。

滝川✦ご主人の協力があるからこそですね。

ビオ＝ジョンソン✦まさにその通りですね。私たちの場合、家に関することも教育に関することも、すべてふたりでやります。少し時代を遡れば、フランスでも、家庭の負担は女性にかかっている場合が多かったのですが、私たちは本当に平等です。

滝川✦日本女性は、キャリアか結婚かを迷ったり、仕事と子育ての両立に悩んだりしています。

ビオ＝ジョンソン✦日本女性のみなさんも、自分が心から望むことをすればいいと思います。他人と比べず、人の目など気にせず。どんな生き方があってもいい、自由に生きるべきだと思います。

Interview
［対談］

レア・ユタンさん

――動物愛護財団「30ミリオン・ダミ（3000万の友達）」代表者

滝川 ❖ ペット問題というのは、今の日本のさまざまな問題を象徴していると感じ、ペットを取り巻く状況を改善するために、さまざまな活動に取り組ませてもらっています。

ユタン ❖ それは素晴らしい！　メディアで影響力のある方がそうした活動をなさることは、たいへん意義深いことです。

滝川 ❖ 日本ではペットに関する状況が改善されておらず、悲惨な目にあうペットが後を絶ちません。フランスではいかがですか？

ユタン ❖ 40年前のフランスでは、同じような状態でした。ヴァカンスに出かける前にペットを捨てる、といったことが頻繁に起こり、年間50万匹のペ

レア・ユタン

1946年生まれ。夫のジャン＝ピエール・ユタンが動物愛護財団を創設し、フランスのテレビ局TF1で財団名と同じ番組を始め、そこでジャーナリスト＆キャスターとしてお馴染みの顔となる。1976年に夫が没してからは財団を引き継ぎ現職。息子が2人。

ットが捨てられていました。

滝川 ✦ いまは随分と改善されましたね？

ユタン ✦ そのとおりです。捨てられるペットはまだいるとしても、年間10万匹にまで下がっています。

滝川 ✦ 日本ではペットショップでペットを買う人が多いですが。

ユタン ✦ バッグを買うような気分で、ペットショップでペットを買うのは、よくない習慣ですね。ペットだって、大切なひとつの命です。人間の命と同じです。フランスでは、ペットが欲しい人はまず、ペットシェルターに行きます。国内に400近くありますから、そこでペットを選ぶ。あるいは野良犬、野良猫を拾うという手もあります。私が郊外の家で一緒に暮らしている猫は、通りで拾ってきました。

滝川 ✦ 日本ではシェルターは少ないので、これから増えることを望んでいます。ところで、ユタンさんの郊外の家には多くの動物がいるのですか？

ユタン ✦ 猫2匹、山羊3匹、ロバが1頭います！ 猫は拾った通りの名前にちなんで、「フォーブール・サントノーレ」と呼んでいます。とてもシックな猫なの（笑）。

滝川 ✦ ところで、ユタンさんは、テレビ番組の取材、雑誌の編集、さらにはファンドレイジング（寄付金集め）の活動まで、多忙な毎日を送られていますが、私生活と仕事とのバランスはどうとっていますか？

ユタン ✦ 忙しい毎日ですが、おしゃれについては手抜きはしません。私も昼間は飾らないスタイルですが、夕方から出かける日は、ドレスアップしますよ。ワークライフバランスに、答えはありません。いつも決断が必要なだけです。子供を学校に送り出し、仕事をし、テレビの仕事などは深夜までかかり、忙しい日々を送ってきました。多くの働く女性がどうやってバランスを保っているのか知りたいぐらいです。仕事で頑張る女性たちに必要なのは、「オーガナイズ」と「マネージメント」です。

滝川 ✦ 日本では女性には、結婚や子育てに対するプレッシャーがとても強いように感じるのです。パクスの制度もなく、同棲も社会的には認められておらず。フランスの若い世代では、男女関係はどうなっていますか？

ユタン ◆ まだ格差があるにせよ、より平等になっているわ。フランスでは基本的に働く女性をサポートする体制が日本に比べて整いつつありますね。でも日本には、女性の文化においては、異なる素晴らしい伝統があります。私はそのことをたいへんリスペクトしています。ただし改善する点があるのならば、ぜひ、この本を読んで、日本女性のみなさんも変革を起こして下さい！　１９６８年には、フランスで五月革命がありました。女性たちは、解放をうたって声をあげました。今、生きづらいと感じているなら、女性のみなさんひとりひとりが声をあげて、自分たちの人生を手に入れてください。

おわりに

今回、世代もライフスタイルも異なる8人の魅力的なフランス女性たちに出会い、多くのことを学びました。

なかでも、私たち日本女性が今よりもっと豊かに生きるヒントとなる、3つのキーワードが印象的でした。それは……、

・人目を気にしない
・人生は自分でオーガナイズ（計画）する
・自由であること

まず、「人目を気にしない」こと。

彼女たちは、まわりの人たちや世間が自分に対してどう思うかは、あまり関係のないことと、とらえています。自分自身の価値観で人生を選び取っていく感覚を確かに持っているのです。

次に、「人生は自分でオーガナイズする」という発想。

仕事や結婚、出産、育児など、自分で選び取った人生は自分で設計し、構築する、だからこそ、自分だけの「喜び」や「幸せ」ができあがっていくと考えるのです。

そして、何より、「自由であること」。

人目を気にしないことも、人生をオーガナイズするという発想も、「自由の中にこそ自分が存在している」という意識のうえに生まれているのだと思います。

「自由」とは、今までの風習やまわりのやり方に倣《なら》うのではなくて、つねに自分の考えで、自分のために判断し、自分で行動するというあり方。彼女たちはおそらく生まれたときからそれを当たり前のこととして育つから、自然と自分で生き方を選び取り、人生を構築する力を持っているのでしょう。もちろん「自由」とは、なにをやってもいいというのではなく、この言葉の裏に、自己責任がともなうことも、自覚していて、それが自立した生き方だと思うのです。

恋愛や結婚に対しても「自由」。だから理想的なパートナーを見つけるのも、それぞれの価値観で、それぞれのペースで。だから心地よく生きることができるのだと思います。

知れば知るほどフランスは、日本人が得意とするルールを重んじることのメリット、デメリットを深く理解している国という側面が見えてきます。フランス人には、ルールにとらわれない生き方＝「人生は楽しむもの」という意識が強くあるのだと思うのです。

フランス女性の生き方には、私たち日本女性がなかなか気づかない、でもライフスタイルに取り入れたほうがいいことについて、多くのヒントが隠れているように思います。

真似をする必要はないと思いますが、彼女たちのような生き方を知ることで、私たちが気がつかない人生の選択肢があることを知り、就職→仕事→婚活という平均台の上を綱渡りするような緊張感に少しだけ「ゆとり」ができて、気持ちが解放されるのではないかと思うのです。そのうえで、日本女性が生来持つ、謙虚さや繊細さを大切に育んでいけば……。

私たち一人ひとりのあり方が変わり、「今まで」に惑わされない「これから」の生き方ができれば、いつかきっとその延長線上には、よりたくさんの女性が生きやすい方向に社会が変わる希望があるように思います。

この本を手に取ってくれた女性たちが、昨日より今日、今日より明日と、いつも心の中に前向きな気持ちを持っていられるように。

そして、女性として生まれたことを心から楽しみ、幸せだと感じられるように。

ほんの少しでも、その力になれたら嬉しく思います。

フランス

1850年　女子教育の制度ができる。パリおよび地方に60ほどの女学校が設立される

1861年　女性の大学資格者第一号が誕生

1876年　女権運動のリーダー、マダム・ドゥレームが「女性の運命を改善する会」を組織し、活動を展開

1910年　ココ・シャネルが女性の社会進出を促すモダンなモードの旗手となる

1920年　避妊と中絶を禁止する法律が制定される

1924年　高等女学校のカリキュラムが男子校のカリキュラムと同等になる

1944年　ド・ゴールが婦人参政権を付与する

1945年　憲法議会に女性議員が35人選出される

1946年　女性の給料を男性の給料より一割以上低くすることが法律で禁じられる

1967年　ピル初認可

1968年　五月革命が起こる（五月にパリで行われた民衆の反体制運動と、それにともなう政府の政策転換）。ウーマンリブ運動（女性解放運動）も同時期にアメリカで起こる

1972年　強姦により身ごもった17歳の少女が中絶した罪で裁判所に出廷するが、フェミニスト（伝統的な女性概念による束縛からの解放を主張する人）団体、政界、学術界の支援を受け無罪となる。嫡出子、非嫡出子の間の相続における不平等が是正

1975年　人工中絶が合法化。新離婚法により協議離婚が認められる

1980年　エリザベート・バタンテール著『母性という神話』が発表され、子育てよりも自己実現を優先する女性を罪悪感から救う

1999年　結婚より規則が緩く同棲よりも法的権利などを享受できるPACS（連帯市民協約）が導入され、女性は「結婚」「PACS」「事実婚（同棲）」の3つを選べるようになる

2005年　法律改正により「PACS」の税制優遇が婚姻とほぼ同じになる

2006年　新生児の婚外子率が50％を超える

2008年　出生率が2％になり、ヨーロッパで一位となる

日本とフランス✳女性解放運動の歴史

日本

1869年　明治政府が関所廃止令を出し、それまで厳しく制限されていた女性の旅行が自由になる
1873年　女性からの離婚訴訟ができるようになる

1880年　高知県上町町会の運動により、日本初の女性参政権が認められる
1884年　明治政府は「区町村会法」を改定、議員選挙から女性は排除され、実質女性参政権が消える
1885年　伊藤博文内閣の文部大臣森有礼が「良妻賢母教育こそ国是とすべし」とうたい、翌年「生徒教導方要項」を全国の女学校と高等女学校に配布

1921年　日本婦人参政権協会が結成され、婦人参政権運動を展開

1945年　女性の国政参加が認められる
1946年　4月、戦後初の衆院選挙の結果、日本初の女性議員39名が誕生

1970年　第一回ウーマンリブ大会を渋谷で開催
1972年　「中ピ連」(中絶禁止法に反対しピル解禁を要求する女性解放連合)が結成

1985年　男女雇用機会均等法が制定される
1987年　「アグネス論争」(アグネス・チャンによる子連れ出勤の是非をめぐる運動)が話題となる
1989年　「セクハラ」という言葉がアメリカより上陸
1999年　男女共同参画社会基本法が制定され、セクハラ防止にあたる法令が義務付けられる。経口避妊薬としての低用量ピルが認可される

2005年　国勢調査で過去最低の出生率1.26%を記録し、少子化問題が浮上する

2007年　「婚活」という言葉がメディアに登場。「おひとりさま」が話題となる

2009年　出生率1.37%。「肉食女子」という言葉が流行語となる

撮影協力

セレクトショップ&オーガニックカフェ
◆ merci（メルシー）
111 Boulevard Beaumarchais 75003 Paris
www.merci-merci.com

アンティーク家具の店
◆ L'Avant - Cour（ラヴァン・クール）
23, rue Saint Paul 75004 Paris
www.lavantcour.fr

アンティーク食器・小物の店
◆ EW（ウー・ドゥブルヴェー）
21, rue Saint Paul 75004 Paris

ヴィンテージショップ
◆ Didier Ludot（ディディエ・リュド）
24, Galerie Montpensier 75001 Paris
www.didierludot.fr

ビストロ
◆ Le Bistro Paul Bert
（ビストロ・ポール・ベール）
18, rue Paul Bert 75011 Paris

本屋
◆ Shakespeare & Company
（シェークスピア&カンパニー）
37, rue de la Bûcherie 75005 Paris
www.shakespeareandcompany.com

◆ロンシャン
www.longchamp.com

衣装協力

◆アオイ（ニール・バレット） 03-3239-0341
◆ H.P.FRANCE 03-5778-2022
（IOSSELLIANI、DANIELA DE MARCHI、FALIERO SARTI、MUHLBAUER）
◆ H.P.FRANCE exclusive
03-3404-3288
（JALDIN DE CHOUETTE）
◆アルファ（エ モモナキア） 03-5787-8913
◆オンワード樫山 お客様相談室
（ジョゼフ） 03-5476-5811
◆クリスチャン ルブタン ジャパン
03-5210-3781
◆ sacai 03-5428-6254
◆ジャガー・ルクルト 03-3288-6370
◆ TASAKI 03-3289-1184
◆デペッシュモード 03-3442-2178
（GRECO、SHIGETA、Donatella Pellini）
◆ドゥーズィエム クラス青山店
03-5469-8868
（サン アンドレス、マックス アンド モイ）
◆トーガ・アーカイブス 03-5475-7031
◆パラドックス（ヴァネッサ・ブリューノ）
03-3280-3611
◆ flake 03-5833-0013
◆ Pred PR 03-5428-6484
（アン ドゥムルメステール、デスティン、リック・オーエンス）
◆ MIZUKI 0800-300-3033
◆モード・エ・ジャコモ（メダ）
03-5464-1775
◆ランバン ジャパン 03-3289-2782
◆ロロ・ピアーナ ジャパン 03-3457-1371
◆ユニット&ゲスト（ステラマッカートニー）
03-3710-3107

◈写真
中村ユタカ　林 龍介　松永 学　生駒芳子

◈カバー・本文デザイン
こやまたかこ（studio CGS）

◈企画プロデュース
生駒芳子

◈企画協力
松本千登世

◈取材コーディネーター
田中久美子

◈タレントマネージャー
尾井博一（フォニックス）

◈タレントプロデュース
天願英人（フォニックス）

◈スタイリング
大久保節子

◈ヘア&メイク
野田智子

◈翻訳
長谷川浩代

◈編集
依田則子

滝川クリステル Christel Takigawa
1977年フランス生まれ。父はフランス人、母は日本人。青山学院大学文学部仏文学科卒。フジテレビ「Mr.サンデー」MC、J-WAVE「SAUDE! SAUDADE...」パーソナリティ、NHK BS1「プロジェクトWISDOM」MC、WOWOW「BBC EARTH」プレゼンターなど、メディアで幅広く活躍中。地球いきもの応援団(環境省)に携わりながら、動物愛護の分野でも積極的に活動している。

＊本書の印税の一部を、2011年3月11日に発生した東北地方太平洋沖地震被災者支援活動に寄付いたします。

恋《こい》する理由《りゆう》――私《わたし》の好《す》きなパリジェンヌの生《い》き方《かた》

2011年4月15日　第1刷発行
2011年5月19日　第3刷発行

著者　滝川《たきがわ》クリステル

発行者　鈴木 哲
発行所　株式会社講談社
東京都文京区音羽二丁目12-21　〒112-8001
電話　出版部　03-5395-3522
販売部　03-5395-3622
業務部　03-5395-3615

印刷所　慶昌堂印刷株式会社
製本所　株式会社国宝社

ISBN978-4-06-216830-4
N.D.C.914 263p 19cm